異世界居酒屋
「のぶ」
isekai izakaya "NOBU" 7haime
presented by Natsuya Semikawa
illustration / Kururi
七杯目
蝉川夏哉 Natsuya Semikawa／illustration 転 Kururi

徴税請負人
ゲーアノート
給仕
リオンティーヌ
店主
矢澤信之
運河浚渫労働者
ホルスト
料理人見習い
ハンス
異世界居酒屋
「のぶ」
六杯目
isekai izakaya "NOBU" 6paime
の人々

薬師
イングリド
〈四翼の獅子〉亭給仕
パトリツィア
薬師見習い
カミラ
迷子の少女
ヘンリエッタ
看板娘
千家しのぶ
〈四翼の獅子〉亭従業者
シモン
侯爵家の重臣筆頭
マグヌス
侯爵
アルヌ
エーファ
給仕
アルヌの妻
オーサ

お品書き

異世界居酒屋「のぶ」七杯目

isekai izakaya "NOBU" 7haime
presented by Natsuya Semikawa
illustration / Kururi

蝉川夏哉 Natsuya Semikawa
illustration 転 Kururi

イラスト：転　　デザイン：5GAS DESIGN STUDIO

居酒屋「のぶ」の店員

千家しのぶ

居酒屋「のぶ」の看板娘。
料亭「ゆきつな」の娘。

矢澤信之

居酒屋「のぶ」の大将。料亭「ゆきつな」の元板前。

ハンス

古都の元衛兵。
現在は居酒屋「のぶ」の見習い料理人。

エーファ

農家の娘。
「のぶ」の皿洗い担当。

リオンティーヌ・デュ・ルーヴ

元女傭兵。
後に「のぶ」の店員となる。

「のぶ」を訪れる人々

ゲーアノート

厳格な徴税請負人だったが、
居酒屋のぶのナポリタンに
出会い、心を入れ替えた男。

ヘンリエッタ

ゲーアノートに保護された、
正体不明の女の子。

アルヌ

古都周辺に領地を持つ、
サクヌッセンブルク侯爵。
オーサ姫と結婚した。

オーサ

アルヌの妻となった、
〈銀の虹〉の髪を持つ
北方の国の姫君。

イーサク

アルヌの部下で司厨長。
アルヌの乳母兄弟でもある。

マグヌス

ある人物の弟。
帝国北部の各地を
旅していた。

イングリド

古都に店を開く老練の薬師。
元聖職者で厳しい一面も
あるが、酒好きで世話焼き。

カミラ

イングリドの弟子で
薬師見習い。
エーファと仲良し。

ホルスト

傭兵の仕事がなくなり、
古都へとやってきた、
運河浚渫の労働者。

マルセル

古都市参事会議長。
運河浚渫にあたって、
多忙を極めている。

ニコラウス

古都の元衛兵。
現在は水運ギルド職員。

エトヴィン

古都に赴任した老助祭。
昔は少し名の知れた聖職者
だったらしい。

リュービク

〈四翼の獅子〉亭の料理長。
料理の天才。

パトリツィア

〈四翼の獅子〉亭の給仕。
〈神の舌〉を持つとされる。

シモン

〈四翼の獅子〉亭の従業員。
パトリツィアに想いを
寄せている。

ゴドハルト

水運ギルド〈水竜の鱗〉の
マスター。

ラインホルト

水運ギルド〈金柳の小舟〉の
マスター。

エレオノーラ

水運ギルド〈鳥娘の舟歌〉
のマスター。

ヨハン=グスタフ

先帝の甥。
古都の近くに領地を
持つ貴族。

クローヴィンケル

食通として知られる
吟遊詩人。

バルタザール・ヘムレンゼン

グロッフェン領を治める男爵。
〈河賊男爵〉とも呼ばれ、
帝国内の河賊をまとめている。

旅人の帰還

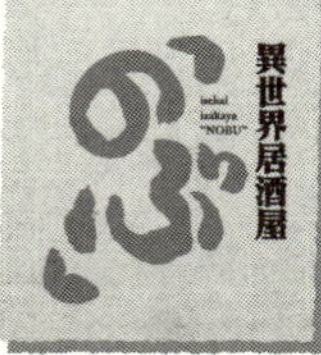

粉雪の舞い散る中を、旅人は足早に進む。

短い晩冬の陽(ひ)は北風に急(せ)かされたように沈み、遙(はる)か西にほのかな名残を留(とど)めるだけだ。

旅人——マグヌスは吟遊詩人風のマントの襟(えり)を掻(か)き合わせた。

最後の丘を越えると、古都(アイテーリア)の城壁が見える。

「間に合えばいいが」

人々にもうすぐ閉門だと知らせる鐘(かね)の響きがまだ耳に残っていた。

商人の馬車が慌てたようにマグヌスの脇を走り過ぎていく。つられるように、マグヌスも歩調を早めた。閉門に間に合わないと、城外に締め出されかねない。

だが、門が閉まっても冬に野営をさせられることは稀(まれ)になった。

何代か前の慈悲深い市参事会議長が冬の野営は見るに忍びないと規制を緩和したお陰で、閉門した後も旅人が古都へ入ることが可能になった。

但し、追加でかかる入市税(にゅうしぜい)の額は莫迦(ばか)にならない。

寒空の下に星明りだけを頼みに野営をするよりは銀貨を積んだ方が幾分ましだろう。

だが、支払いはなるべく安く済ませたいのが人情というものだ。

門番への余計な払いがなければ、その分だけ今夜の酒代を多く支払える。

金髪に降り積む細かい雪を、手で払った。ついでに鼻の上の小さな眼鏡の曇りも拭っておく。

朝の霜が溶け切らずにこの時分まで残った道を、マグヌスは黙々と歩いた。

考えるのは、今晩何を食べるかだ。

古都へ戻るのも久方ぶりだった。

家族からは何通も帰ってこいという便りが来ていたのだが、やりはじめた仕事を途中で投げ出す気にもなれず、なんとなく日延べをしているうちにこんな季節になってしまったのだ。

無難に、〈四翼の獅子〉亭だろうか。

いやいや、〈飛ぶ車輪〉亭の肉料理も捨てがたい。

〈花園の熊〉亭は店を仕舞ったと風の噂に耳にしたから、候補からは外す。

豆のスープが名物の店を覗いてもいいが、今日は少し贅沢がしたい。

やはり、〈四翼の獅子〉亭だろう。

〈獅子の四十八皿〉が完成したという話は本当なのだろうか。

口の中に、大リュービクの料理の味が広がる。

あれも食べたい、これも食べたい。ああしかしそうなると腹一杯になってしまうぞ。

空想するだけで思わず出そうになる涎を拭い、マグヌスは先を急いだ。

古都の城壁、そして門が見える。

楽しみな夕餉(ゆうげ)も、もうすぐだ。


結果から言えば、期待は裏切られた。

従業員に風邪(かぜ)が流行(はや)ったとかで、〈四翼の獅子〉亭は臨時休業中だったのだ。

マグヌスは肩を落とした。

せっかく〈四翼の獅子〉亭の口になっていたというのに。

やれやれと思いながら、第二候補の〈飛ぶ車輪〉亭を目指そうとして、ふと足を止める。

考えてみればこれはいい機会だ。

古都は歴史が長いだけあって、飲み屋街に厚みがある。

マグヌスも人後に落ちない酒飲みで多くの店でエールのジョッキを干した口だが、とはいえ暫(しばら)く古都を離れていたのだ。

それに旅に出る前にも色々と多忙にしていたから、新しい店についてはとんと知識がない。馴染(なじ)みの店に顔を出すのもいいものだが、新規開拓するのも、また一興。

これだから酒飲みという趣味は興趣(きょうしゅ)が尽きない。

家路を急ぐ人、客を引く酒場の店員、飲み歩く酔人の間を縫(ぬ)うようにして、マグヌスは歩く。

記憶と変わらぬ佇(たたず)まいの店もあれば、代替わりしたのか雰囲気の変わった店もあった。

こうして店とその客を眺めるのもまた、飲み歩きの楽しみだ。

腰の水筒に自然と手が触れる。

何日か前に川沿いの船宿で購った、酒の入っていた革の水筒だ。

船宿の亭主がなかなか気の利いた人物で、酒だけでなくチーズや干し肉などの肴も都合してくれたから、野宿で独酌するには不便はなかった。

しかし、だ。

マグヌスは自嘲の笑みを浮かべる。

旅をする度に思うのだが、自分は余程、人が好きらしい。

酒はある。

肴も上等。

手元には無聊を慰める物語の書物さえあってなお、酒場が恋しい。

妙なものだと思いながら、店を探す。

大通りを行き当たれば横丁へ。横丁から顔を覗かせて気になればその通りへ。

自由気ままに歩くのは、物見遊山のようで楽しい。

そんなことを考えていると、鼻歌が出る。

鼻歌といっても玄人はだしで、ちょっとした吟遊詩人並には歌えると自負していた。

粉雪もいつの間にか止み、そろそろ店を決めようかと思ったところで、マグヌスの視線に一軒の居酒屋が飛び込んでくる。

「居酒屋ノブ、か」

異国情緒あふれる店構えの居酒屋については、マグヌスも当然、耳にしていた。

実を言えば、何度か誘われたことさえある。

誘われたと言っても、店からではない。店の常連である、マグヌスの家族からだ。

なんとなく仕事を理由に断ってきたが、これも一つの縁かもしれない。

マグヌスはそれほど敬虔な方ではない。

それでも、〈四翼の獅子〉亭が仕舞っていたことと、ふらふらと歩いていたら〈馬丁宿〉通りで居酒屋ノブを見つけたことには、なんとなく運命じみたものを感じていた。

「ま、入るだけ入ってみるか」

性に合わなければ別の店を探せばいい。

それに、料理も酒もいいという話だ。

誘われても来なかった理由はマグヌスの側にしかない。

意を決して、マグヌスは居酒屋ノブの硝子戸を引き開けた。


「いらっしゃいませ！」

「……らっしゃい」

暖かい。

外を歩いていたときにはそれほど気にならなかったが、やはり身体が冷え切っていたらしい。

店の中の不思議なほどの暖かさに、なんとなく微笑んでしまう。

人間、何かに安心すると自然に笑みがこぼれるものなのかもしれない。

店はほどよく混み合っているが、ちょうどいい具合に空いたカウンター席に座を占める。

「おしぼりです」

黒髪の女給仕の差し出す手拭いを受け取った。

温かい。

少し熱いと感じるほどの温かさが、悴んだ手指にありがたい。

細かなところにも配慮の行き届いた店だという話は聞いていたが、なるほどこれはいいものだ。

ご注文は、と尋ねられたので、何か温かいものをと頼む。

マグヌスはぐるりと店内を見回した。異国情緒あふれる店だという触れ込みに嘘はない。

何もかもが目新しく、面白く見える。

カウンターの上に並ぶ、見たこともない酒の壜。壁にかかる様々な調度。そして、厨房。

仕事柄、何にでも興味が湧いてしまう。

まず、明るい。

これは十中八九、錬金術師の発明品だろう。

獣脂でも蜜蠟でもない灯りは錬金術師たちの中でも金儲けに関心のある連中が開発に血道を上げているという報告は受けていたから、これもその一つに違いない。

煙も出ず、冬でもこの光量というのは大したものだ。

貴重な硝子を引き戸に使うところやこれだけ室内を温められるところからしても、この店は結構儲けているのだろうとマグヌスは見た。

たとえばカウンターに飾ってある帆船の模型など、どうやって壜に詰めたのかも分からない。

まさか目の前で調理をしている店主がちまちまと壜の中に帆船を組み立てたわけでもなかろうし、何か硝子職人が新しい技術を見つけたのだろうと当たりを付ける。

「お通しのたたききゅうりです」

タタキキュウリ、とははじめて聞く料理だ。要するにキュウリ（グルケ）のことか。

冬に青い野菜は実に嬉しい。特に、旅の後なら格別である。

諸侯が賓客（ひんきゃく）への接待のために城や邸宅に温室を作り、厳冬でも青野菜を出せるようにするのは、それが何よりも喜ばれるからに他ならない。

シノブという名前の女給仕によれば、油と塩味の海藻で味付けをしてあるようだ。

ポリ。

ポリポリポリ。

なるほど、摘まんでみると、実にいい。

身体が青野菜を欲しているから、味付けなどなしでもいいと思っていたが、これは。

「済まない、料理の前にエール……じゃない、もしあればトリアエズナマを頂けるかな」

「はい、すぐにお持ちしますね」

よかった。この店にはトリアエズナマがあるらしい。

注文すると、すぐにトリアエズナマが運ばれてくる。

トリアエズナマというのは、古都で最近話題になっているという麦酒だ。

エールよりもラガーに近い酒で、厳密に言えば少し違う。

いずれにしても、美味しいのならばそれでいい。

ポリリ。

グビリ。

ポリ。

グビグビリ。

やはり、合う。

タタキキュウリの塩気が、冷えたラガーに実によく合うのだ。

微かな苦みのあるキレのあるラガーが、喉を下っていく。

ああ、これだ。

旅の疲れが胃の腑へと押し流されていくかのようだ。

常連だろうか。他の客たちも皆楽しそうに酒を酌み交わしている。

こういう店はいい店だ。

気取らずに酒を飲み、時間を溶かすことができる。

騒がしいのに、自分と、酒と、肴だけがそこにある気分にさせてくれる店だ。

不思議なもので、いい店というのは初回に訪れたときにも、帰ってきたという感じがする。

居酒屋ノブは、そういう店の一つだ。

旅をしながら星空の下、独りで飲む酒もいい。

だが、マグヌスにとってはこういう店で飲む酒はやはり格別だった。

店という空間で、飲む。

友人がそこにいるというわけではない。

酒場の雑然とした雰囲気が、織りなす人間関係が、そこで生じるちょっとした葛藤とその解決がマグヌスの心を酔わせ、慰(なぐさ)めるのだ。

兄がこの店に入れ込むのも、よく分かる。

「お待たせしました！　スキヤキ風の煮物です！」

料理を運んできたのはエーファという赤毛の少女だ。

なかなか気の利く少女で、混み合う客席の合間を縫うようにしてくるくると毛玉鼠(けだまねずみ)のように走り回っている。

ゴトリ、と厚手のスープ皿(ズッペ)が目の前に置かれた。

立ち上る甘い香りが食欲をそそる。

肉を甘く煮るというのはあまり聞かないが、スキヤキ風ということは異国の料理に違いない。

スキヤキというのがどの辺りの地名なのかマグヌスは知らなかったが、なんとも美味そうだ。

目を閉じ、鼻から胸いっぱいに香りを楽しむ。

旅の間に旅籠(はたご)や船宿で出てくるのは脂身と屑野菜を煮込んだスープ(ズッペ)やシチュー(アイントプフ)ばかりだったから、ちゃんとした肉が入っているというだけで贅沢な気分になった。

白い塊もどうやら脂身ではないらしい。

「さて、と……」

眼鏡が湯気で曇るので外すと、シノブが妙な顔をする。

マグヌス自身は兄とそれほど似ているつもりはないのだが、見間違えたのかもしれない。

煮物を、一口頬張る。

「あ」

美味い。

柔らかく、甘く煮込まれた牛肉に、ごくごく自然に笑みが零れる。

肉を噛むのが、嬉しい。

ネギやその他の具材も、実によく煮えている。

単に脇役としてではなく、煮汁の味をしっかりとまとっているから、存在感があるのだ。

ああ、美味い。

こういう味付けの肉ははじめてだが、疲れた身体にはこの甘さが、効く。

あふあふ。

まだ熱さの残る肉を頬張ると、身体に熱が、力が漲ってくるのを感じる。

美味いのと幸せとの合わさった感情が、肚から全身に広がっていくのをマグヌスは感じた。

そしてここに、トリアエズナマ。

グビリ。

これもまた、合う。

肉の力強さが、トリアエズナマとしっかりと噛み合うのだ。

口の中の甘さが苦みによって洗い流され、また新鮮な気持ちで煮物と向き合うこともできる。

そこからは、夢中だった。

食べる、飲む。

飲む、食べる、飲む。

食べる、食べる、食べる、飲む。

気付けば、皿が空になっていた。

もう一杯頼むか。

いやいや〈溢れるは足りぬが如し〉とも言うではないか。

心地よい満腹感に、マグヌスはここ数年感じたことのない満足感を堪能していた。

「お勘定をお願いします」

「はい！」

泪滴型銀貨(トロプフェン)でよいというのを、無理矢理に大銀貨を押し付ける。

よい商いには正しい報酬で報いなければならない。

それが経世済民(けいせいさいみん)というものだ。

「ありがとうございました！」

給仕たちの声に見送られ、店を後にする。

いつの間にか空を覆っていた雪雲は薄くなり、合間から双月が顔を覗かせていた。

雄月（アールス）と雌月（フェメリア）は、まるで兄弟のように古都の空を照らしている。

「さて、兄上との面会前にもう少し仕事をしないとな」

マグヌス・スネッフェルスは寒空に大きく伸びをした。

美味いものを食べて、旅の疲れは吹き飛んだ。

その横顔は、本人が思っているよりも、兄のアルヌによく似ていた。

ねぎまみれの日

農家という生き方には、敵が多い。

旱魃（かんばつ）、長雨、洪水、霜害（そうがい）。

作物の病気に、重税、相場。

思いもよらないことが原因で、当てにしていた収入が得られないのは日常茶飯（さはん）のこと。

エーファは今、大きな障碍（しょうがい）の一つに直面していた。

「白ネギ（リーキ）は要りませんか……」

古都（アイテーリア）の住人にとって、白ネギは冬でも食べられる貴重な野菜だ。

城壁の外で暮らす農民たちも秋から春先にかけては挙（こぞ）って白ネギを育て、古都へ出荷する。

煮てよし、焼いてよし。

香りのよい白ネギは暗い色になりがちな冬の食卓に彩りを添え、体の不調を未然に防いでくれる大切な作物だ。

エーファの友達であるカミラの師匠、薬師のイングリドによると、白ネギを食べ続けることで疲れにくくなり、肩こりも治りやすいのだという。

そんな白ネギが、今年は豊作だった。

いつもなら枯れてしまう弱い芽もすくすくと育ち、はじめは多くの農家を喜ばせたものだ。

ところが、その豊作が問題となった。

豊作貧乏。

農家にとっての最大の敵の一つだ。

あまりにも豊作で、収穫しても引き取り手がいない。

エーファの家は商品として売るつもりはなく、家族で消費する分をほそぼそと育てていた。

そのエーファの家でも膨大な量が収穫できてしまい、毎日毎日食卓は白ネギに占領されている。

煮たネギ、焼いたネギ。

はじめはお腹いっぱい食べられると喜んだエーファの弟と妹もすぐに白ネギに飽きてしまい、妹のアンゲリカに至っては白ネギを見ただけで涙ぐむ始末。

仕方がないのでエーファが白ネギを古都の市場まで運んでいく。

途中の道では、顔見知りの農家の人たちが焚火で何かを焼いていた。

ネギだ。

香ばしいネギの香りが漂うが、仕方がない。売り物にならないネギは、焼くしかないのだ。

漸(ようや)く市場に辿り着くと、そこには白ネギの山、山、山。

城壁の周辺だけでなく、近隣の農村でも白ネギの記録的な大豊作だったようで、白ネギが次々と運ばれてきているのだという。

「という夢を見たんです」

そう言ってエーファは、家から運んできた白ネギをカウンターに置いた。

昼営業の前、まだ朝と言っていい時間。

エーファの話を聞いていたタイショーたちは、夢か、と安堵したようだ。

思わず話したくなるほど生々しい夢だったのだが、現実でなくてよかった。

実際には夢のようなことはなく、例年よりも少し多めに収穫できた程度だ。

いつもお世話になっている居酒屋ノブに、ということで、綺麗なものを選んで持ってきた。

「夢とはいえ、凄い話ね……」

目を丸くするシノブの隣でタイショーが腕を組んで頷いている。

タイショーの実家の近くには農家が多かったそうで、そういう話を聞いたこともあるらしい。

意外なことに、一番反応したのはリオンティーヌだった。

「そうなんだよ……豊作貧乏になると大変でな……」

リオンティーヌは東王国(オイリア)の小領主の娘だ。

豊作で相場が下がり、収入のない農民からも税を取らねばならない。

「うちの近くに〈オリーブ臼(うす)〉っていう仇名の領主がいてね……普段はただでっかいだけで役に立たないって意味だと思っていたんだけど、実はどんなときにもオリーブを搾るみたいに税を……」

そこまで言って、リオンティーヌは身震いした。

人間だれしも、思い出したくないことがあるものだ。

「やめやめ。そんなことより、この白ネギを使って何か美味いものを作っておくれよ」

「そうだな。綺麗なネギだし」

タイショーがネギを下拵えするのを、エーファはワクワクしながら眺める。

普段見知った食材が、いつもとは全く違うものになるのを見るのは楽しいものだ。

「へぇ、大将、ホワイトソース作るんだ」とシノブが尋ねると
「ハンスがどんどん腕を上げてるから、負けられなくてね」とタイショーが笑って答える。

急に俎上（そじょう）に載せられ、昼と夜の仕込みをしていたハンスが咳き込んだ。

タイショーの持つ木べらが深底のフライパンで踊ると、牛乳やバターが滑（なめ）らかなソースへと姿を変えていく。

ハンスが茹で加減を見ているマカロニという食べ物は、ゲーアノートの好物であるスパゲッティの親戚に当たるらしい。

親戚とわざわざ断るからには、兄や姉、弟や妹もいるのだろうか。

小麦を練ってアンゲリカの指ほどの大きさに整えたものに、穴が開いている。

「この穴があるから、ソースがよく絡むんだ」とリオンティーヌが教えてくれた。

リオンティーヌの故郷である東王国（オイリア）の南の方でも、このマカロニという食べ物が食卓に並ぶことがあるそうだ。

くつくつと料理の煮える音が、耳に心地いい。

このとろとろのソース（ソーセ）で出来上がりなのかと思ったら、まだ途中なのだという。

耐熱皿に白ネギを並べ、上に煮込んだソースをとろりと掛けた。

これだけでも美味しそうな皿に、チーズと小麦粉を振りかけると、そのままオーブンへ。

その間にタイショーは昼と夜の仕込み作業に合流する。

てきぱきと作業をこなすタイショーとハンス。

掃除と味見に余念のないシノブとリオンティーヌ。

いつも通りの居酒屋ノブだ。

ゆったりとした時間が、店内に流れる。

チーン。

オーブンの音で、エーファは目を覚ました。

いつの間にか眠ってしまっていたようだ。

手に大きな手袋をはめたシノブが、ホカホカと湯気を立てる耐熱皿をエーファの前に置く。

「お待たせしました。大将のまかない白ネギグラタンです」

まだ熱い皿に気を付けながら、エーファはフォークでグラタンをすくった。

ぱくり。

「んんっ」

チーズと濃厚なホワイトソースの風味が口の中で広がる。

とろとろとした食感は幸せそのものだ。

続いて、皿の中に顔を覗かせた白ネギにフォークを伸ばす。

ちょうどいい長さに切り揃えられた白ネギは耐熱皿の底に丁寧に並べられているが、オーブンでしっかりと温められ、とろりと柔らかくなっていた。

シャク、トロッ。

白ネギの歯ごたえはそのままに、中から甘みが溢れてくる。

こんなに甘い食べ物だったのかという驚きに、エーファは思わず目を瞠った。

グラタンという料理そのものは、タイショーがクローヴィンケルに出したのを見たことがあったけれども、エーファが口にするのは、はじめてのことだ。

シャクシャクとした白ネギと、とろとろのホワイトソース。

そして、マカロニのくにくにとした食感。

エーファは口の周りが汚れるのも構わずに、フォークを動かした。

ほんの少し鳥ミンチが加えられているのも料理にコクと食べ応えを与えている。

「こいつは驚いた。白ネギってのはグラタンにしても美味しいんだね」

リオンティーヌも美味しそうに舌鼓を打ちながら、これに合う酒は何かなと呟いていた。

自分の家で穫れた白ネギがこんなに美味しい料理になるなんて。

驚きながらフォークを動かしていたら、いつの間にか皿が空になってしまっていた。

煮た白ネギも焼いた白ネギも好きだが、このグラタンというのはまた格別だ。

「あの、タイショー。一つお願いがあるんですけど」

おずおずと頼むエーファに、タイショーはすぐに笑顔で答える。

「ああ、弟さんと妹さんも連れて来てくれたら、いつでも作ってあげるよ」

よかった、とエーファは安堵に胸を撫でおろす。

確かにこの料理は、まだ湯気の出ているアツアツを食べさせてあげたい。

そうこうしているうちに、昼営業の時間になった。

慌ててエーファが皿を片付けていると、硝子戸が元気よく引き開けられる。

「いらっしゃいませ！」

「……らっしゃい」

矢のように入って来たのは衛兵隊のイーゴンだ。その後ろから同僚のヒエロニムスもゆっくりとついてくる。

見た目も印象もまるで違う二人だが、最近ノブを訪れるのは二人一緒のことが多い。

「タイショー、シノブさん、今日のお昼は何がおすすめかな？」

何事も豪快なイーゴンがカウンターにどっかりと腰掛けながら尋ねると、タイショーが意味深な笑みを浮かべた。

「今日のおすすめは、白ネギだよ」

「白ネギ？」

隣に腰掛けたヒエロニムスと顔を見合わせるイーゴンの目の前で、揚げ油が温められる。

何でも美味しい居酒屋ノブでも白ネギがおすすめというのはどういうことだろうかという疑問が二人の顔にありありと浮かんでいた。

確かにエーファも、白ネギがあんな風にグラタンに化けるとは思ってもいなかったのだ。

きっと他にも、何か美味しい料理があるに違いない。

ジュッ。

衣を付けた鶏肉がたっぷりの油の海へ飛び込み、いい音を立てた。

カラカラカラカラ……

綺麗に揚がったところを、一度引き揚げ、もう一度。

居酒屋ノブの名物、二度揚げ。

油を切って皿に盛り付けられるのは、ワカドリノカラアゲだ。

しかしタイショーは今日のおすすめは白ネギと言ったはずでは？

エーファが顎に人差し指を当てて小首を傾げると、タイショーが白ネギを刻みはじめた。

器に白ネギと生姜（イングワー）、それにニンニクのみじん切りを加えて、混ぜ合わせる。

ネギの香りが、グラタンを食べたばかりでお腹がいっぱいのはずのエーファの胃袋を刺激した。

このネギダレだけでもおいしそうだ。

「タイショー、まさか、それを……」

イーゴンの問いに、タイショーが力強く頷いた。

それだけで美味しいこと間違いなしの揚げたてのワカドリノカラアゲに、食欲をそそる白ネギのソースを、たっぷりとかける。

「お待たせいたしました！　若鶏の唐揚げ、白ネギまみれです」

白ゴハンと一緒に出されるワカドリノカラアゲに、イーゴンもヒエロニムスも飛び掛かるように齧り付いた。

「美味い！」

午前の訓練で余程絞られたのか、魂の底から響くような声だ。

「この白ネギソース、生姜とニンニクもさることながら、白ネギがここまでワカドリの味を引き立てるとは……名脇役とはまさにこのこと」

感心しながら、ヒエロニムスもパクパクと口を動かしている。

シノブも味見をしたそうに覗き込んでいたが、ニンニクが入っているからと諦めた。

そのあたりはとても真面目なのが、シノブの尊敬できるところだ。

イーゴンもヒエロニムスもよほど気に入ったらしく、すぐにお代わりを注文した。

「これはいかんな。ライスによく合う」

「危険な組み合わせですね。これだと、いくらライスがあっても足りないじゃないですか。配分を考えながら食べようにも、ハシが進み過ぎる……」

あっという間に三人前ずつを平らげる二人。

掻き込むように食べるイーゴンとヒエロニムスの気魄に、後から来た客たちが我も我もと白ネギソースのたっぷりかかったワカドリノカラアゲを注文する。

居酒屋ノブの名物であるワカドリノカラアゲに食べ慣れた白ネギが組み合わさったのが、食欲に火を点けたのだろうか。

タイショーとハンスの二人でそれなりの量を仕込んでいたはずのワカドリがあっという間に品切れになったのは、昼営業がはじまってからまだ間もない時間のことだった。

ライスも足りなくなり、慌ててハンスが追加を炊く羽目になっている。

「いやぁ、食べた食べた」

「これならまた食べたいですね」

最終的に五人前平らげたイーゴンと三人前半を胃袋に収めたヒエロニムスの二人が和やかに談笑していると、後ろでゆっくりと硝子戸が開いた。

「いらっしゃいませ！」

「……らっしゃい」

すたすたと入ってきたのは、〈鬼〉の中隊長ベルトホルトだ。

ぎくり、とイーゴンとヒエロニムスの二人が縮こまる。

「お、イーゴンにヒエロニムス。二人ともここに来ていたのか。やっぱり昼飯をノブで食べると、気合の入り方が違うからな」

二人の肩をガッシリと掴(つか)み、ベルトホルトは上機嫌だ。

「タイショー、外まで美味そうな鳥の匂いが漂って来ていたぞ。今日の午前中は妙に忙しくてな。すまないが、おすすめを大盛りで頼みたい」

にこやかに注文するベルトホルト。

シノブとタイショーは、心の底から申し訳なさそうに頭を下げた。

「申し訳ございません。本日のおすすめはもう完売してしまいまして……」

「な、なにっ」

目に見えて落胆する、ベルトホルト。

その後ろを、イーゴンとヒエロニムスの二人はこっそりと抜け出そうとする。

「……ちなみに、今日のおすすめはなんだったんだ？」

「はい、若鶏の唐揚げ、ねぎまみれです」

ワカドリノカラアゲは、言わずと知れたベルトホルト中隊長の大好物だ。

かつてはカラアゲの味付けを巡って、ここ居酒屋ノブでニコラウスやハンスと激論を戦わせたこともある。

シノブが品名を答えたのと、イーゴンとヒエロニムスが硝子戸に到達したのは全く同時だった。

「中隊長、すみません！」

詫びながら、引き絞られた弦から放たれた矢のように飛び出す二人。

「待てぃ、二人とも！　貴様らが犯人だな！」

しかし〈鬼〉もさる者。

まだ歳若い二人に勝るとも劣らぬ初速で駆け出すと、餓えた獣のような俊敏さで後を追う。

追うベルトホルトに、逃げる二人。

衛兵の営庭に向かって全力で走っていく三人を、ノブの面々はただ呆然と見送るより他にない。

その後、シノブの指示でエーファは重要な仕事を任されることになった。

白ネギの買い取りである。

仕事に送り出したはずのエーファが帰って来るなり「ありったけの白ネギをノブで引きとる」と言い出したことに、両親は顔を見合わせ、「エーファは騙されているんではないか」と訝(いぶか)しんだ。

結局、白ネギは無事に居酒屋ノブに届き、ベルトホルトは夜営業で満足のいくまでワカドリノカラアゲを堪能することができた。

翌日の訓練で、イーゴンと本来会計で訓練はほとんど免除されているはずのヒエロニムスがどれだけ絞られたかは、古都の記録には残念ながら残っていない。

幸せの先の贅沢

「しかし、腹が減ったなぁ」

すっかり空っぽになった腹を擦りながら、ホルストは氷雨(ひさめ)に煙(けぶ)る街の灯に目を凝(こ)らした。

〈馬丁宿〉通りというだけあり、馬丁や遍歴商人が立ち寄るような酒場や宿屋が立ち並んでいる。

行き交う酔客の談笑が耳に心地よい。

雰囲気のいい通りだ。

こういう通りには美味い店がある。旅慣れたホルストの経験が、そう告げていた。

古都(アイテーリア)。

少し前までは〝ちょっと大きな街〟としか認識されていなかった街だ。

歴史はあるが、名物はない。

そんな街が今では、ホルストのような若くて力だけ有り余った食い詰め者にとっての目指すべき新天地になっている。

運河の浚渫(しゅんせつ)。

沼地を掘り返して河を一本拵(こしら)えようという壮大な計画は、帝国北部では噂の的だ。

運河が通れば、この辺りは豊かになる。少なくとも、ホルストはそう聞かされていた。

海を通じた商売が盛んになり、帝国のあちこちから商品が集まる。

確かに大きな儲けの出そうな話だ。

但し、恐ろしく手間が掛かる。

とんでもない量の土を運び出すにはとんでもない数の人間が必要で、そのためにはとんでもない金額の金貨銀貨が動くはず。

その希望を胸に、帝国北部の津々浦々から、若者たちが集まってきている。

元々、若者が余っているのだ。

農村の田畑は長男夫婦が受け継ぐものだから、次男三男は村を出るしかない。

街の職人でも境遇は似たようなものだ。少々腕に覚えのある連中は衛兵や傭兵の口があったが、それもこのところ景気が冷え込んでいる。

北方三領邦の始末を、先帝陛下が見事に収めてしまったからだ。

ホルストが槍と靴を餞別(せんべつ)代わりに故郷のヴァイスシュタットを飛び出したのが数年前。

少年に毛の生えた程度の若さだった見習い傭兵のホルストも、酒の味を覚える歳になった。

身長だけはにょきにょき伸び、街を出るときにはチビだったのが今では立派なノッポだ。

とはいえその体格を活かせる仕事にはなかなかありつけず、古都に到着してからは運河の浚渫で溜まった土砂を運ぶ仕事をしている。

言ってしまえば単なる日雇い労働者なのだが、食うには困っていない。

体格と目端の利くのを買われて、ホルストは労働者たちのまとめ役に就いていた。

工事を差配している市参事会も商会も侯爵家も水運ギルドまでもが金払いはきちんとしている。

こういう工事をしている場所では出稼ぎ相手の法外に値段の高い飲食店が蔓延(はびこ)るものだが、古都では徴税請負人がきっちり税を搾り上げているらしかった。

ありがたい話だと思いながら、ホルストは両の掌(てのひら)に息を吐きかける。

とにかく、寒い。

冬の間、運河の浚渫工事は中止されている。

帝国でも北部に位置するこの辺りでは、沼地にも霜が降り、薄氷の張る日が多い。

さすがにこの時期の沼に入って泥を掻い出すのは不可能だ。

だからホルストのような出稼ぎは既に掻い出された泥を運び出す作業をすることになる。

この泥が、難物だ。

沼底にあって水をたっぷり含んだ泥は、この寒さで岩のように固くなっている。

まとめ役といっても、率先垂範(そっせんすいはん)。

まず自分が先頭に立って鍬(くわ)を握らねば、一癖も二癖もある出稼ぎ労働者たちは指図を受け入れてくれるはずがない。

木鍬で崩して適当な大きさにしてから運ばねばならいが、寒風の吹き荒ぶ最中(さなか)での作業は身体の芯まで冷えてしまった。

そういう次第で、今のホルストはとにかく温まるものを腹に詰めたい。

できれば温かい酒もあればいうことなしだが、そこまでの贅沢は言うつもりはなかった。

「スープ(ズッペ)か、煮込み(アイントプフ)か……」

店の方でも客の考えることは分かっているようで、そこかしこから呼び込みの声が掛かる。

あっちへふらふら、こっちへふらふら。

この店にしようかと思って寄ってみるとそのまた隣が目に付くし、あの店からいい匂いがすると近付けば、じうじうと美味そうな音が別の店から聞こえてくる。

悩む時間も贅沢なのかもしれないとにんまりしながらホルストは歩いた。

そうこうしていると、目の前に一軒の店が現れる。

居酒屋ノブ。

異国風のたたずまいに、ホルストは妙に惹き付けられた。

今日はここにするか、と硝子戸を引き開ける。

「いらっしゃいませ！」

「……らっしゃい」

ふわり、と温かい風が凍えたホルストを包み込んだ。

奥で暖炉でも焚いているのだろうか。氷雨の中を歩いてきた身には、この温かさだけでも十分な値打ちがある。そう思いながら、カウンター席に腰を下ろす。

隣の席には銀髪の女性と、少女の二人組。

銀髪の方からは微かに薬の香りがするから、薬師か何かだろうか。

「ご注文はお決まりですか？」

シノブ、という名前の女給仕に尋ねられ、ホルストは大きく頷いた。

「とにかく温かいものを。それと、お酒も」

何が出てくるか分からない店だから、あまり期待はしていない。

とにかく温かいものにありつきたいという一心での注文だ。繁盛している店のようだから、妙なものは出てこないだろう。

はい、かしこまりました、とシノブが微笑む。

その笑顔が、温かい。

荒くれ男たちの顔を見て作業しているだけに、ささやかな笑顔にも心が癒やされる。

応対の端々に優しさが滲むのが、なんとも嬉しいのだ。

不意にホルストは、ここが高級な店ではないか、と少し不安になった。

暖炉に行き届いた客の扱い、思い返してみれば引き戸も硝子ではなかったか。

普通の出稼ぎ労働者の入るような格の店で、このような応対をしてもらった記憶がない。

まぁ、なんとかなる。

古都の運河浚渫に支払われる賃金は同じような内容の肉体労働としては破格のものだったから、ホルストの懐はそれなりに温かい。

「オシボリです」

エーファという名前の先ほどの少女が小さな布を差し出してくる。

「ありがとう、っと」

その温かさに、ホルストは思わず受け取ったばかりのオシボリを取り落としそうになった。

温かい、というよりも、少し熱い。

だが、悴んだ掌にこれほどのもてなしがあるだろうか。

思わずオシボリに頬ずりしたくなるのを、なんとか堪える。

もうこのオシボリだけでこの店に入った甲斐があった。

指先からじんわりと温かくなっていく感覚を楽しんでいると、早速料理が運ばれてくる。

「これは？」

「お通しの風呂吹き大根です。お料理が出るまで、こちらを召しあがってお待ちくださいね」

オトーシのフロフキダイコン。

ふんわりとおいしそうな香りの湯気が立ち上った。

聞いたことのない料理だな、と思いながら、透き通るほどに煮込まれた根菜を木匙で口に運ぶ。

「あふっ」

口に含んだ瞬間、熱々の汁が口の中へと溢れ出た。

熱い。しかし、美味い。

舌、喉、胃の腑と熱さがゆっくり下っていくのが分かる。

先ほどまでの寒さはどこへやら。ホルストの身体の奥底から温かさが広がっていった。

器の底へ溜まった汁も、一口。

これもまた、いい味をしている。

甘くもなく、辛くもなく、しょっぱくもなく、ただただ美味い。

じんわりと美味いというのは、はじめての経験だ。

「お待たせいたしました。肉豆腐と、熱燗（あつかん）です」

ニクドーフに、アツカン。

どちらもホルストの耳に馴染みのない肴と酒だ。

シノブによると、アツカンはタツリキという酒を温めているらしい。

しっかりと煮込まれた肉と、白い何か。

見たことのない料理に一瞬怯みそうになるが、そんな気持ちは芳しい香りに掻き消された。

煮込み料理（アイントプフ）は、温かさが命。

木匙で白いトーフとやらを崩し、口へ放り込む。

「ほふっ、ほふっ」

なんだ、これは。

熱い、美味い、熱い。

口の中でほろりと崩れるトーフそのものにはほとんど味がなかった。

だが、それがいい。

濃い味のスープでしっかりと煮込まれているから、この淡泊さが実によく合っている。

そこへアツカンをキュッ。

口の中へじゅわりと強い酒精が沁み渡り、芳醇な香りがふわっと広がる。
なんだ、これは。
先ほどまでの寒さはどこへやら。身体の中からポカポカと温かさが広がる。
そこへ、すかさず肉。
よく煮込まれた肉は、噛むほどに滋味が染み出てくる。
噛み締める奥歯が喜んでいるとでも言えばいいのだろうか。
トーフの程よい柔らかさと、煮込まれた肉のしっかりとした美味さ。
この組み合わせが、実に堪らない。
フロフキダイコンとは煮込んでいるスープ(ズッペ)が違うのも工夫なのだろう。
淡白な味わいのトーフにはニクドーフの濃い汁が何ともよく合っている。
トーフ、アツカン、肉、トーフ、アツカン、肉……
幸せの連鎖が止まらない。
いつの間にか額に滲んだ汗を、腕で拭(ぬぐ)いながらニクドーフを頬張る。
温かさがご馳走だと思ったが、今胸に宿るこの幸せは、なんだ。
温かいだけでなく、美味しいだけでなく、全てがここにある。
寒さもひもじさもすっかり吹き飛んで、今はただただこの匙を動かし続けたい。
「ふぅ」
ニクドーフを食べ終えて、空になった皿へ木匙を置く。

幸せの残響を味わいながら、ホルストはあばらの浮いた腹を撫でた。

こういう食事ができるなら、古都まで出てきて日雇い仕事をするのも悪くない。

幸せそのものの表情を浮かべるホルストの顔を見て、隣に座る銀髪の女性がニヤリと微笑んだ。

「この寒い冬に温かいってのは、幸せだろう？」

「幸せですね。これ以上の幸せはない」

故郷のヴァイスシュタットも冬はひどく冷え込む街だった。

内陸だから余計に冷え込むのだと古老が教えてくれたが、ホルストには仕組みが分からない。

よく分からないなりに、老人の家を修理して隙間風を入り難くしてやったり、貧しい家には薪を運んでやったりと、懐かしい思い出がよみがえってくる。

「……その幸せの先、見てみたいとは思わないかい？」

幸せの先？

何のことだろうか。

イングリドと名乗った銀髪の女性の隣で、弟子らしい女の子が袖を引いている。

ひょっとして、何か恐ろしい禁呪か何かがあるのだろうか。

ホルストは思わず、唾を飲んだ。

思ったよりも酒が回っている。

普段よりも気が大きくなっている自分を感じながら、ホルストは答えた。

「……見てみたいね」

いったい何を見せてくれるというのか。

返事は、嫣然とした微笑み。

一瞬、ホルストにはイングリドが魔女か何かのように見えた。

「シノブちゃん。例のアレを、こちらのお客さんにも」

かしこまりました、と頭を下げ、シノブが何かを用意する。

何が出てくるのかとホルストは想像を巡らせた。

温かいものは食べた。

酒も飲んだ。

冬に居酒屋で堪能できる幸せにこれ以上のものがあるだろうか。

ほんの少しだけ待って、シノブが皿を運んできた。

「お待たせいたしました。バニラのアイスクリームです」

硝子の丸皿には、雪のように白い塊が一つ。

「……冷たい？」

「ああ、そうだよ」

目を丸くするホルストに、イングリドはにんまりと笑う。

「おいおい、温かいものを食べて幸せになった後に、冷たいものなんて……」

「そう、最高の贅沢だろう？」

問われて、はたと考えた。

寒い冬には温かいものを求める。

暑い夏には逆に冷たいものが欲しくなるのが道理だ。

しかし、寒い冬に温かいところで冷たいものを食べるとすると……

「冒瀆(ぼうとく)的だな……」

だろ？　とイングリドは視線だけで応える。

ホルストは木匙でアイスクリームを削ろうとした。

しかし、固い。

木匙では歯が立たないな、と隣を見ると、イングリドは銀の匙でアイスクリームを食べている。

「すみません、こちらにもあのスプーンを」

はい、お待ちください、と応えると、シノブはすぐにスプーンを持って来てくれた。

これなら削りやすい。

漸(よう)く一口分の大きさを取り出して、
ぱくり。

ホルストの口の中が、甘い天国になった。

冷たくて甘く、幸せな味。

フロフキダイコンとニクドーフによって少し火傷した口の中を、アイスクリームの冷たい甘みがなめらかに冷やしてくれる。

なんという贅沢だろう。

なんという幸福だろう。

寒さに震えて居酒屋に入ったのに、今はこの冷たさに幸せを感じている。

アイスクリームのように蕩(とろ)ける笑みを浮かべるホルストを見て、イングリドもシノブもエーファもタイショーという料理人も、満足げだ。

ここは、ただ美味い酒と肴を用意するだけでなく、幸せを味わわせる店なのだろう。

きっと、また来よう。

思ったよりも割安の支払いを終え、ホルストは店を出る。

いつの間にか氷雨は上がり、双月が古都の道を照らしていた。

明日からもしっかりと働こう。

店を訪れる前には感じることのなかった確かな活力を、ホルストは腹の底に感じていた。

徴税請負人と笑わない少女

世の中には、似合わない組み合わせというものがある。

美女と醜男（しこお）。

雪鳥と泥亀。

双月と島鯨（しまくじら）。

しかし、今のゲーアノートはそれらに匹敵するくらいに、自分が妙な組み合わせで立っているということを自覚していた。

「何か、不思議かね？」

閉店後の居酒屋ノブ。

店内にいるのはリオンティーヌとハンス、それにゲーアノートと少女だけだ。

徴税請負人として真面目さと厳しさが服を着て歩いているような自分の横に、ちょこんと小さな女の子が立っている。

金色の髪に、意思の強そうな蒼（あお）い瞳。

透き通るような肌の色は、北の生まれを思わせる。

歳はエーファよりも幼い。

口を横一文字にしっかり閉じて、周囲を観察するように窺（うかが）っている。

「いや、不思議じゃないさ。旦那の歳なら、隠し子の一人や二人」

リオンティーヌは気の利いた冗句を言ったのだろうが、既に何度も同じことを言われている。

ゲーアノートは疲れ果てたように手を振った。

「生憎（あいにく）だが、この娘は私の隠し子ではないよ」

そりゃそうだろうね、という言葉をリオンティーヌはわざわざ口に出さないでいてくれた。

随分と見目の整った娘だ。

この年にして、可愛いというよりも、綺麗、妖艶といった風な印象を纏っているのは、ただ者ではない。

ゲーアノートと似ているところはほとんどなかった。

自分とこの少女が親子だというなら、狼が尾長鳶（おながとんび）を産んでも驚かない。

「で、その迷子をどうしたんだい？」

「迷子かどうかも分からないのだ、正直なところ」

「なんとまぁ」

晩冬の、夜遅く。

まだ寒いこの時期に子供とはぐれているのなら、親なり兄姉なりは血眼になって捜すだろう。

古都（アイテーリア）が広いとはいえ、子を捜す親がいれば、ゲーアノートも気が付くはずだ。

察しのいいリオンティーヌは、すぐにゲーアノートと同じ結論に達した。

「……捨て子、か」

「さて。まだそうだと決まったわけではないが」

答えとは裏腹に、ゲーアノートは十中八九が捨て子だろうと思っている。

少女が緘黙(かんもく)を貫いている以上、想像することしかできないが、この状況を鑑(かんが)みれば、捨て子だと考えるのが自然だし、妥当だろう。

古都ではあまり見かけないが、捨て子は珍しいものではない。

「衛兵隊には届けたんだろう?」

明日のための支度をしながら、ハンスが尋ねてきた。

古都の衛兵隊は優秀だ。

この都市に暮らす人々の人相はそのほとんどを把握している。

街の人間も彼らを信頼しているから、子供の行方が知れないとなればまず衛兵隊に届け出ることになっていた。

「当然だ。ただ、誰もこの少女の顔に見覚えがない。そして、迷子の届け出も出ていないそうだ」

やれやれ、とリオンティーヌが腰に手を当て、嘆息する。

このまだ幼い少女が自分自身の足で古都へやって来たのでなければ、まごうことなき捨て子だということだ。

話の内容を理解しているのかいないのか、少女がゲーアノートのズボンを握りしめているのが、居た堪れない。

様々な理由で子供を育てられなくなる親は、いつの時代も後を絶たない。

この娘はそれなりに整った服を身に付けているが、商人や素封家の貴族といえども、子を捨てないというわけではなかった。

特に、冬はそうだ。

たまたま税が収められなかったり、うっかり家族の誰かが重い病に倒れたり、平凡な日常の中に落とし穴は潜んでいる。

ゲーアノート自身はそういう家からは可能な限り重税を取り立てないように工夫をしているが、徴税請負人のすべてが善と公正とを信条にしているわけでないのもまた、動かしがたい事実だ。

そうなったとき、家族の中の誰にしわ寄せがいくのか。

個々の家族次第だが、万に一つの幸運を信じて、子供を大きな都市へと捨てる親がいることを、ゲーアノートはよく知っている。

「さて、どうしたもんかね」

独り言ちるリオンティーヌに、ハンスが応じた。

「親を探しに行くとか?」

いいや、とリオンティーヌが首を振るのは、それが徒労に終わるだろうと知っているからだろう。

探して簡単に親が見つかるなら、ゲーアノートがわざわざここへ来るはずはない。

そんなことにゲーアノートが気付かないはずがないと、彼女は知っている。

溺れる鳥は浮き苔（ごけ）に縋（すが）る。

何か、偶然の一手でもいい。子供の親の手掛かりがあれば。

そういう気持ちで、ゲーアノートはここを訪れた。であればそれに応えたいとリオンティーヌは考えてくれているらしい。

子供あしらいが得意な方ではないリオンティーヌだったが、少女と対話を試みることにしたようだ。ゲーアノートが名前すら聞き出せていないことは、既に伝えてある。

「で、お嬢ちゃん（マドモアゼル）。名前はなんていうんだい？」

リオンティーヌが床に膝をつき、少女と視線を合わせる。

青い瞳と青い瞳。二人の視線がぶつかった。

「いやぁ、ごめんごめん。部屋の鍵忘れちゃった」

ちょうどそこに、帰ったはずのシノブが裏口からひょっこりと顔を出す。

間がいいのか、悪いのか。

ゲーアノートが事情を説明しようとすると、シノブは少女を一目見るなり、

「この子、お肉屋さんの関係者？」と尋ねた。

少女の目が驚きに瞠（みは）られるのを、見逃すゲーアノートではない。

「シノブさん、どうしてそう思ったのかな？」

尋ねられてシノブは、さも当然のことのように言ってのける。

「だってこの子、お肉屋のフランクさんと同じ匂いがするから……」

シノブの言葉を聞いて、リオンティーヌがゲーアノートに向き直った。

「だそうだけど、ゲーアノートの旦那。何かの手掛かりになるかね？」


「この子なら、確かに昼過ぎからずっと店の前をうろうろしてたよ」

ちょうど寝入り端(ばな)をゲーアノートとリオンティーヌ、それにシノブとハンスに起こされた肉屋のフランクは、寝ぼけ眼(まなこ)を擦りながら、そう答えた。

居酒屋ノブの常連の中では一、二を争うほど腹回りの大きな男で、開店と同時にやって来ては、その日のオトーシを二人前ずつ食べていく客だ。

「誰か一緒にいなかったか？」

尋ねるゲーアノートに、フランクは肉付きのいい肩をひょいと竦(すく)めてみせる。

「一人だったと思うな。店が忙しかったからずっと見ていたわけじゃないけどさ。小さな女の子が一人ぼっちでいるのは珍しいなと思ってたから憶えていたんだしね」

筋は通っているな、とゲーアノートは考え込んだ。

手掛かりは早速途切れた。また振り出しに戻るか。

「もういいかな？　明日は手紙の配達があるから、早く起きなきゃいけないんだ」

生欠伸(あくび)を噛み殺すフランクに、ああ、感謝するとゲーアノートは礼を言った。

古都に限らず、肉屋は手紙の配達を兼業していることが多い。村々を回って農家から直接、豚を引き取っていた頃からの名残だという。

今では村の農家の方が都市へ豚を運んでくることも増えたが、肉屋が手紙の配達を兼ねるのは、多くの街や村で当たり前のこととされている。

この少女が手紙を出しに来たわけでもないだろうにとゲーアノートが考えたはじめたところで、それまで頑なに沈黙を守っていた少女が大きな声を上げた。

「ヘンリエッタ！」

「ん？」

「私の名前は、ヘンリエッタ、です！」

強い意思の籠った、射抜くような視線。

どうして急に名前を名乗る気になったのだろうか。

しかし、そのことを気にするより前に、ゲーアノートはどうして少女が捨てられたのかを察する手がかりを見つけてしまう。

「狼歯（ユーバーツァーン）か……」

ずっと口を閉ざしていたから分からなかったが、少女は人よりも犬歯が出ている。

「あ、八重歯なんだ。かわいいね」

シノブの言葉に、ゲーアノートはごほん、と空咳をした。

最近でこそ迷信扱いされてはいるが、昔は狼歯と言えば「狼の子供」だの「育つと人狼になる」だのとやかましく言われていたものだ。

今でもちょっと街から離れると、そういう古い陋習（ろうしゅう）に凝り固まった村に出会（でくわ）すことがあるという話は、弟からの手紙でしばしば目にした。

きっとこの少女もこの歯が原因で、と思うと、ゲーアノートには何も言えなくなる。

子を捨てる親は、許しがたい。

その一方で、狼歯如きで子を蔑ろにする親であれば、そんな劣悪な家庭から子を解放してやりたいという気持ちもある。

なんとかしてやらねば……

そう思ってヘンリエッタに声をかけようとした瞬間、
くぅ。

ヘンリエッタのお腹が、可愛らしく鳴った。

「……そうだな、ひとまず、食事にしよう」


くつくつとお湯の沸く音が、居酒屋ノブの店内を暖かくする。

すっかり帰りそびれたシノブが、パスタを茹でてくれることになったのだ。

先ほど自分から名乗ったヘンリエッタだが、またもだんまりに戻ってしまった。

しかしその目は鍋から片時も離れず、表情には期待の色が隠し切れていない。

「ヘンリエッタちゃん、もうちょっとだけ待っててねー」

狼歯に偏見のないらしいシノブは、すっかりヘンリエッタのことが気に入ったようだ。

茹で上がったパスタを手早くザルに上げて湯切りし、フライパンへ。

タイショー不在のときに何度も何度もゲーアノートに頼み込まれて作っていたからか、すっかり手が覚えているかのような挙措だ。

あらかじめ炒めておいた厚切りのベーコンにピーマンとタマネギ。

そこへパスタを投入すると、たっぷりの真っ赤な調味料で味付けをする。

シノブによれば、ほんの少しウスターソースという調味料を加えるのが隠し味だというのだが、ゲーアノートが調べてもそういう名前のソースは、帝国ではおろか東王国、聖王国にもない。

麺に具材を絡める小気味のいい音が、店内を満たす。

「お待たせしました！　しのぶの特製まかないナポリタンです！」

綺麗に盛り付けられたナポリタンは正に、赤い至宝。

今日はヘンリエッタのために一日中駆け回ったので、ゲーアノートも空腹に堪えかねた。

考えてみれば、一人でぽつんと古都の道を歩くヘンリエッタに声を掛けたのがゲーアノートで、本当によかったと思う。古都は都市としては比較的治安のいい部類に入るが、然りとて邪な人間が全くいない理想の都というわけではないのだ。

もしも心清らかざる者がはじめに声を掛けていたら、ヘンリエッタの運命は今とはまるで異なるものとなってしまっていたかもしれない。

「さ、冷めないうちに食べなさい。美味しいから」

今すぐに食べたいと逸る気持ちを抑え、ゲーアノートはまず少女に食べるよう促す。

しかし目の前でナポリタンの皿が湯気を立てているにも拘わらず、少女の食指は動かない。

ゲーアノートは、じっと少女の目を見つめる。

食べない。

そうか。危険はないと、身を以(もっ)て示さねばならないのだ。

フォークを手に取り、素早く粉チーズとタバスコを掛ける。

そして、ヘンリエッタによく見えるようにして、一口。

口の中に、宇宙が開闢(かいびゃく)された。

甘みと酸味と辛味の三味が渾然一体となり、ゲーアノートに神の慈愛(アガペー)を伝える。

そう、愛だ。

多幸感に浸りながらヘンリエッタの方を見ると、まだ手を付けていない。

小さな両の拳をぎゅっと握りしめて膝の上に置き、ナポリタンの皿をじっと凝視している。

「ああ、もう、じれったいな！」

他の人間の食べる皿には何があっても決して手を加えないという普段の自分の流儀に反するが、ゲーアノートはヘンリエッタの皿に粉チーズとタバスコを掛けてやった。

もちろん、タバスコはほんのちょっぴりだ。

それでもヘンリエッタは動かない。

ゲーアノートはヘンリエッタの手を取り、フォークを持たせてやる。

更にナポリタンの皿をヘンリエッタの目の前にずいと動かしてやりさえした。

「さぁ、食べていいんだ」

それまで躊躇（ためら）っていたヘンリエッタだったが、何かを決意したようにゲーアノートの方へ頷き、フォークを動かす。

意外なことに、カトラリーの扱いは優美だ。

いや、整った容貌のことを考えれば、むしろその方が相応しいようにも思える。いったいどういう親からこの子が生まれ、どのように育てられたのか、ゲーアノートには想像もつかない。

くるりとフォークにパスタを巻き付け、意を決したように口へ運ぶ。

そして。

「……美味しい」

うっとりと、目を潤ませながら、ヘンリエッタが呟いた。

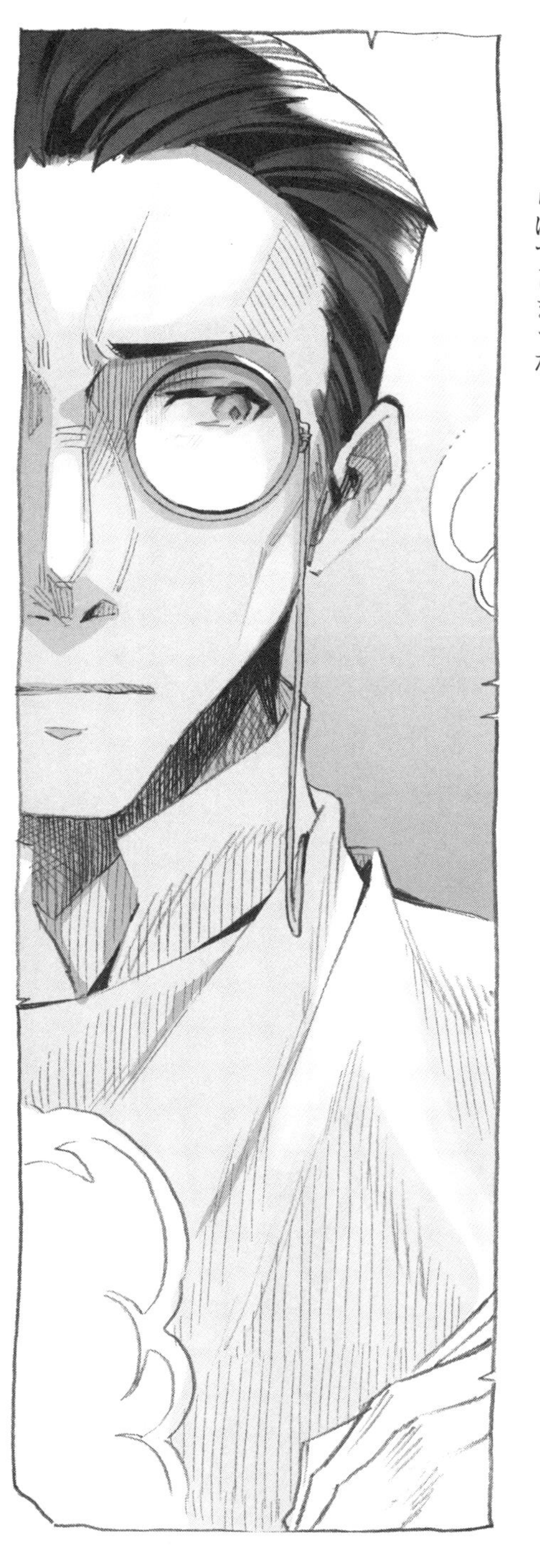

続けて更にもう一口、更にもう一口。

「美味しい、美味しい、美味しい！」

こうなってしまえば、もう止まらない。

ピーマンも厚切りのベーコンもタマネギも、好き嫌いなく、全て口へ運んでいく。

その表情は幸福そのものだ。

子供らしい笑顔を浮かべて、狼歯も気にせずにナポリタンを頬張る姿に、ゲーアノートの口元も思わず緩む。

子供にしては結構な量が盛り付けられていたと思ったが、ヘンリエッタは気にせずにぺろりと平らげてしまった。

考えてみれば、今日は何も口にしていないはずなのだ。

小さな子供が、空きっ腹を抱えて冬の寒空の下にいた。

そのあまりの理不尽さに、ゲーアノートは静かに拳を握りしめる。

子供は、腹いっぱいに食べるべきだ。

食べるのはもちろん、美味しいものに限る。

食糧と幸せとを腹にたっぷり詰め込むことは、成長を助ける何よりの支えだ。

「……しかし、この子をどうしたものかな」

独り言ちたつもりだったが、シノブが笑顔でゲーアノートに答える。

「大丈夫、私に考えがあります」


シノブの考えとは、然るべきところへ少女を預けることだった。

頼んだ相手は、薬師のイングリドだ。

同じ年頃のカミラを養育しているイングリドなら、他の人間に頼むよりも負担が少ないだろうというのがシノブの考えの要諦だった。

以前からイングリドはエーファ以外にもカミラと歳の近い友人が欲しいとこぼしていたという。

「そりゃまぁ、私としてはカミラの友達ができるなら願ったり叶ったりだけどね」満更でもない表情で苦情らしきことを申し立てるイングリドの横で、カミラとエーファ、そしてヘンリエッタが仲良くカウンターに腰掛けて、プリンに舌鼓を打っている。

「一時的にせよ、長期的にせよ、イングリドさんのところなら安心ですし」

言外にシノブは、ヘンリエッタに行く当てが見つからなければ薬師としての技能を身につければいいと言っている。

「ゲーアノートさん」とヘンリエッタがゲーアノートに声を掛けた。

「どうした?」

ぺこり、と頭を下げ、ヘンリエッタは笑う。

「どうもありがとうございます」

思わぬ一言に、ゲーアノートはコホンと空咳を一つ。

感謝されるのも、それほど悪い気はしないものだ。

いい報告と悪い報告

降ったり止んだりの氷雨で少し泥濘んだ通りを、ラインホルトは急いでいる。

心なしか自分でも足取りが重く感じるのは、地面の状態のせいばかりではない。

気の重い報告を持っていかねばならないときには、誰しも自然とそうなるものだろう。

昼下がりの居酒屋ノブの硝子戸を開けると、残りの二人はもう席に着いていた。

「お先にはじめさせてもらっているよ」

グラスを掲げてみせるゴドハルトと、小さく肩を竦めるだけのエレオノーラ。

〈馬丁宿〉通りの小さな居酒屋に古都の三大水運ギルドのマスターが集うのもすっかりお馴染みになっていた。

会合であれば市参事会に会議室があるのだから、何も居酒屋を使わなくてもと窘める者もあったが、実のところ今はこの店で集まる方がいい。市参事会の庁舎は現在、少々使いづらいのだ。

「さて、お集まり頂いたのは他でもない。浚渫工事の進捗について、だ」

さっそく今日の議題に取り掛かるゴドハルトに頷きながら、ラインホルトはシノブに彼らと同じものを、と注文した。

古都による運河の浚渫工事は概ね順調に進んでいる。

取り仕切っているのは、古都の市参事会とサクヌッセンブルク侯爵家をはじめとする近隣貴族、それにビッセリンク商会だ。

これは同時に資金を出資しているのが誰かという話でもある。

それぞれに役割の分担をしているが、実際に工事そのものを担当しているのは、市参事会だ。

市参事会に席を持つギルドや社団はいくつもあるが、その中で出稼ぎ労働者の扱いに最も慣れているのは水運ギルドに違いない。

必然的に、工事の実際的な部分はひとまず水運ギルドに委任されることになった。

春になって工事が本格化すれば大工や石工のギルドも参画することになるが、それまでに人員の運用や、その他もろもろに筋道をつけるのは水運ギルドの仕事ということになる。

ゴドハルトの〈水竜の鱗〉が各種工事。

エレオノーラの〈鳥娘の舟唄(ハルピュイア)〉が外部との交渉。

そしてラインホルトの〈金柳(きんりゅう)の小舟〉が資材の調達や準備。

三者三様の得意分野を活かす形でギルドごとに分業ができているので、実のところラインホルトとしてはやりやすい。

もちろん本来の自分のギルドの仕事とは兼務することになるので作業量は大幅に増えている。

だが、これまであまり関係のなかった市参事会の議員や、ギルド、業者、社団、貴族と繋がりを持つことができるというのは、〈金柳の小舟〉として必ずしも悪いことばかりではなかった。

むしろ、これからの事業拡大に役立つ人脈拡大といってもいいかもしれない。

挨拶に行った相手の中には父でありギルドの先代マスターであるセバスティアンのことを憶えてくれている者も少なからずいて、ラインホルトの知らない父の姿を聞かせてもらうこともあった。

それにしても、とラインホルトはゴドハルトとエレオノーラの横顔を盗み見る。

かつては友好的というよりも敵対的というべき関係だった三つのギルドが〈舳先を並べて〉同じ仕事に取り組んでいるというのは、ラインホルトにとって妙な気分だった。

嬉しい、のかもしれない。

敵対するよりも、同じ側にいた方が頼もしい、尊敬すべき二人だ。

「オレからはいい知らせが一つある」

へぇ、とエレオノーラが小さく驚きの声を漏らす。

このところ、定期的に集まる度に悪い知らせばかりが積み重なっていたのだ。

特に工事を実際に見て回っているゴドハルトのところからは進捗の遅れや、余計な経費、危うく怪我人が出そうになった話など、悪い知らせは枚挙に暇がない。

ラインホルトの方は悪い知らせを一つ持ってきたので、ゴドハルトが珍しくいい知らせを持ってきたのは少し複雑だ。

どうせなら先に報告した方がよかっただろうか。

いい知らせと、悪い知らせ。

どちらを先に聞きたいかはその人の性格次第だ。

ラインホルトの持ってきた悪い知らせは、粘土の採掘場のことだった。

運河の浚渫と並行して、古都は城壁の修繕と、更にもう一周り外側に大城壁を築く計画を立てている。市参事会もサクヌッセンブルク侯爵家も運河が通れば古都の人口は増加すると考えており、市街地の拡大には大城壁の建設が必要となる。

元々、古都には大城壁が存在した、という伝説がある。

ここがまだ古帝国の北方前線殖民都市だった時代の話だ。

古文書の中にしか残っていないと思われる大城壁だが、トマス司祭の調査では、確かに畑の中に古い大城壁の跡らしき遺構が見つかっている。

大城壁の建設には、煉瓦（レンガ）が必要だ。

石材を切り出す方法も考えたが、今は良質の石材が値上がりしている。

そんなわけで古都近郊で古くから住人に知られている粘土採掘場をラインホルトが調査していたのだが、一つ問題が持ち上がった。

泉だ。

採掘中に掘り当てたものなのだが、水量が多く、埋め戻すのも難しい。

問題なのは、この泉が常に泡立っているということだ。

ラインホルトも現地に行って実際に確かめてみたが、確かにぷつぷつという泡が絶え間なく湧き出ている。

勇気のある男が水を飲んでみて意外に美味しかったというものの、不気味なのは変わりない。

変な噂でも立って粘土集めに支障が出れば、煉瓦造り、延いては城壁の建設にも遅れが出ることは避けられないだろう。

「それで、いい知らせっていうのは？」

エレオノーラに水を向けられ、ゴドハルトが満足げに頷いた。

「厄介だった泥の運搬に、目途がつきそうだ」

おぉ、とラインホルトも思わず声を漏らす。

ラインホルトも試しに木鍬で掘り返そうとしてみたが、あの泥は固かった。

ほとんど岩のようになった泥の小山を、どうやって壊したのか。

「元傭兵で、今は出稼ぎ労働者のまとめ役をさせている奴が、なかなか目端の利く男でな。木鍬でダメならと新しい方法を考えた」

「鉄の鍬ですか？」

確かに鉄の鍬を使えば作業は捗るはずだが、数を揃えるにはちょっとした金がかかる。

必要な分はとてもすぐには集められないということで、今は木鍬で作業しているはずだ。

尋ねるラインホルトにゴドハルトがにんまりと笑ってみせた。

「そこが、そいつの偉いところだ。すぐには鉄の鍬が集められないことは分かっていたよ」

ホルストという男が使ったのは、農耕用の鉄犂だ。

牛に牽かせる重い鉄犂を農家から借り受けて来て、それで泥の小山を耕したのだという。

「鉄犂を入れておけば、他の連中も木鍬で楽に掘り返せる。作業が短縮できるというものだな」

これは確かにいい知らせだった。

シノブの運んできた飲み物を一口含む。

はて、とラインホルトは掌で口元を覆った。シュワッとした不思議な口当たりの飲み物だ。

辛い、のではない。心地よい刺激がある。エールやトリアエズナマよりも強い。

酒精自体は強いようだが、飲み口がとても柔らかになる。

面白い酒だと思いながら、ラインホルトは先を続けた。

「しかしよく思いついたものですね」

「それだよ」

ゴドハルトもグラスの中身で口を湿しながら、上機嫌に見える。

「なんでもそいつはこの方法を魔女に教えてもらったんだそうだ」

「魔女に、ね」

グラスを優美に傾けながら、エレオノーラがくすりと笑った。

「ねぇ、シノブさん、これ、お代わり頂戴」

かしこまりました、とシノブが新しいグラスを用意する。

「そう言えばエレオノーラさん、いつもの彼は一緒ではないのかね？」

ゴドハルトが水を向けると、エレオノーラが一瞬、妙な表情を浮かべた。

「ええ、いや、ニコラウスはちょっと今、貸し出しているのよ。市参事会に」

ああ、とラインホルトもゴドハルトも肩を竦める。

今の市参事会は、大変なのだ。

テーブルの上の肴にゴドハルトがハシを伸ばす。

ナンコツのカラアゲだ。

一つ一つと細かいことは言わず、豪快に四つも五つも放り込み、美味そうに噛む。

そしてそこに、グラスの中身をキュッと。

「ところでさっきから気になっていたんですが」

「なんだい、ラインホルトさん」

ラインホルトはグラスをひょいと持ち上げた。

「これはいったい、なんていう酒なんですか？　えらく口当たりがよくて飲みやすいですけど」

「ハイボールです」

聞いたことのない名前の酒だ。

「濃い酒を、炭酸水で割っているのよ」

強い酒を生のままで飲まずに割りもので薄めることはあるが、これははじめて見た。

エレオノーラもナンコツのカラアゲを一つ摘まみ、ハイボールをキュッ。

へぇと相槌を打ちながら、ラインホルトもつられて、グラスをキュッ。

驚くほどに、飲みやすい。

割った酒はどうしても味気なく感じることが多いのだが、これは別だ。

炭酸水というもの自体については聞いたことがある。東王国(オイリア)には炭酸水のような白葡萄酒(ヴァイン)もあるというが、残念ながらラインホルトはまだ実物にお目にかかったことがない。

改めてグラスを見ると、ぷつぷつとした泡がグラスの中を漂っている。

エールやラガーと似ているが、それよりも少し刺激が強い。

この泡が口当たりのよい飲み口の秘密だろうか。

居酒屋ノブには他所で見ない酒が色々ある。今更種類が増えても驚かないが、美味い酒にありつけるのは、ラインホルトとしてもありがたい。

「ハンスが仕事を覚えてきたので、新しいことに挑戦してみようかと」

揚げ物の油を切りながら、タイショーはどこか嬉しそうだ。

言われてみればこれまで盛り付けを任されていたハンスが、最近は包丁を握っている。

タイショーの手が空いたから、新しい酒も増やしてみようという気分になったのだろう。

居酒屋もギルドと同じなのだな、と当たり前のことに気づかされる。

一人一人のできることが増えて、はじめて新しいことに取り掛かることができるのだ。

「なるほどねぇ」とエレオノーラがグラスを指先で傾けて弄ぶ。

「それにしても、昼間から仕事中に飲むには少し強いお酒かもしれませんね」

ラインホルトが指摘すると、ゴドハルトが噎(む)せ込んだ。

「ま、まぁ、確かにそうかもしれんな」

「いいことがあるから何か飲みやすい酒をって注文したのはゴドハルト、あなたでしょう?」

エレオノーラにも追撃を加えられ、ゴドハルトはうぅむと黙ってしまった。

しかし、飲みやすい酒、というのは面白い切り口かもしれない。

どうしても酒場は男性客が主体になる。

軽い飲み口で楽しく酔えて料理によく合い、値段はそこそこ。そんな酒があれば、女も愉しめる酒場ができるかもしれない。

これから古都は、忙しくなる。

今は周囲の農村や都市からあぶれた人手が集まることで回っているが、都市が一回り大きくなるということは人手が足りなくなるということだ。

必然的に、女性の活躍する場も増えてくる。

女性も男性と同じように仕事で疲れるのだから、酒場で羽目を外したくなるのではないか。

ラインホルトは、頭の中の帳面に、この考えを書き留めておく。

いつかきっと、役に立つ日が来るに違いない。

「さて、待たせたね。今日の料理は揚げペリメニだよ」

リオンティーヌが皿に盛った揚げ物をどんと三人の真ん中に置く。

「おいおい、オレたちはまだ会議中で」

抗議するゴドハルトの目は既に揚げペリメニに釘付けだ。説得力のないことこの上ない。

実際、この後に話すべきはラインホルトの悪い知らせだけなのだから、ここで空気を換えるのは悪くない話だ。

「まぁまぁ、固いこと言いっこなしだよ。熱いうちが美味しいんだからさ、早く食べておくれよ」

これは以前に大好評を博した、ハンスのアレという料理を揚げたものだろう。

ハンスのアレは、ラインホルトも大好物だ。

小麦を練って薄くしたもので豚の挽肉と野菜や香料を包み、焼く。

たったそれだけかと思うのだが、これがまた実に美味い。

焼いたものも美味いし、少し皮を厚手に作ったものをスープに浮かべたものも居酒屋ノブの昼の品書きとして供されることがあり、これもまた滅法美味しいのだ。

煮てよし、焼いてよしなのだから、揚げても美味しいに違いない。

そっとハシを伸ばしながら、ラインホルトは考える。

ひょっとして、揚げペリメニは、ハイボールととても合うのではないか？

はやく試してみたくなり、かぷりと揚げペリメニに齧り付く。

パリ、じゅわり。

カラッと揚がった皮の歯触りの後に豚の挽肉の肉汁が溢れ出て……

そこへハイボールを、キュッと呷(あお)る。

美味い。

シュワッとしたハイボールと一緒に口にすると、揚げペリメニの油っぽさが気にならなくなる。

もう一口、サクリ。

そこにハイボールを、キュッ。

うん、いい。

この組み合わせは、当たりだ。

ゴドハルトもはふはふと言いながら、揚げペリメニを口の中に放り込んでいる。

「あ、こっちはチーズが入っているのね」

エレオノーラはエレオノーラで、チーズ入りの揚げペリメニに舌鼓を打ちながら、ハイボールのお代わりを頼んでいた。

「この軽い飲み心地が癖になるな」

ゴドハルトがハイボールを飲みながら豪快に笑う。

「炭酸水をそのまま飲む人も多いんですよ」とシノブが透明な水の入ったグラスを持ってきた。

ぷつぷつと泡の立つそれにラインホルトが口を付けると、なるほど、爽やかな飲み口が面白い。

「普段から飲めるようにならないかしらね」

エレオノーラの問いに、タイショーが顎に手を当てて考え込む。

「炭酸泉といって、自然に炭酸水の湧き出る泉もあるにはあるはずですが」

タンサンセン。

その言葉を聞いて、ラインホルトの中で何かが繋がった。

粘土採掘場にあるあの泉は、ひょっとすると。

頭の中で、算盤(アバカス)の珠を弾く。

粘土採掘場としてだけではなく、あそこに人を招くことができれば。

上手くすれば、莫大な予算の掛かる工事費のほんの一部だけでも、埋め合わせることができるかもしれないのだ。

トマス司祭かエトヴィン助祭に聞いて、タンサンセンについて詳しく調べなくてはならない。

ひょっとすると、薬師のイングリドも何か知っているかもしれない。

健康に害があれば大問題だが、逆に健康にいいとなれば、素晴らしいことになる。

居酒屋ノブで出すくらいだから健康に心配はないだろうが、タンサンセンが同じものとは限らないからここは慎重に調べた方がいいだろう。

「ラインホルトさん、何かおかしいのか？」

知らず知らずのうちに表情に出ていたようで、ゴドハルトが不安そうに覗き込む。

「いえ、大丈夫です」

それならいいんだけど、とエレオノーラの口元が緩んだ。

以前は会うたびに嫌味を言われていたものだが、変われば変わるものだ。

たった数年。

そう、この居酒屋ノブでウナギの話をしてから、たったの数年しか経ってない。

それでもこれだけ、色々なことが変わっていく。

これまでも、きっと、これからも。

ラインホルトにとって、その変化が何よりも心地よい。

昨日よりも今日、今日よりも明日の方がより素敵な生活が待っているというのはとても素敵だ。

「で、ラインホルトさん。何か報告はないかな？」

いい知らせでも、悪い知らせでも、ここで共有していこう。

ゴドハルトに促され、ラインホルトはグラスを手に取った。

「そうですね。悪い知らせがありましたが、たった今、いい知らせに変わったかもしれません」

変わった？　とゴドハルトとエレオノーラが顔を見合わせる。

昼下がりの居酒屋ノブでの会議は、思ったよりもいい方向に進みそうだった。

二十五人。

古都市参事会の議長を務めるマルセルが、午前中に会わなければならない人数だ。

書記業務の応援に駆り出されているニコラウスは、参事会政庁の廊下に並ぶ人々の横顔を見て、小さく肩を竦めた。

今朝はまた、一段と寒い。

窓の外は霙（みぞれ）交じりの雨が降り、鼠色の雲が低く垂れこめている。

石造りの政庁に隙間風はないが、床から這いあがってくるような寒気はなかなかにつらかった。

廊下に並べられた丸椅子に座る人々には身分も身なりも、統一感というものがない。

ギルドに属する商人がいるかと思えば、遍歴の職人もいる。

封臣貴族の姿こそ見えないが、騎士も傭兵も農民も、路上に暮らす者の姿さえあった。

持つ者も、持たざる者も、ここでは等しく列に並んでいる。

掌を擦り合わせたり指先に息を吹きかけたり、隣の人と声も低く情報交換をしたりと思い思いに過ごしている。

ニコラウスの見るところ、こちらの様子をちらちらと窺っているのは、金のある連中だ。

貧しい人々は黙って床を見たり、思い出したように顔を上げては溜息を吐いている。

彼らの目的は、一つ。

陳情、陳情、陳情。

運河の浚渫が本決まりになったと知った途端に、古都とその周辺のありとあらゆる人々が、少しでも利益を得よう、不利益を被らないようにしようと市参事会の政庁に押しかけているのだ。

莫迦莫迦しいことだとニコラウスは思う。

ここに並んで上目遣いに書記達の表情を窺う連中は、随分前から運河浚渫の話を耳にしていた人々がほとんどのはずだ。

荒唐無稽な話だと嗤って出資の話は断っていたくせに、いざ話が本決まりになると我も我もと参上して、利益の分配に嘴を突っ込もうとする。

機を見るに敏、と言えば聞こえはいいが、要するに風見鶏ということだ。

勝ち馬に乗り、負け犬は叩く。そういう生き方は、ニコラウスの趣味ではない。

「なぁ、その書記くん」

声を掛けてきたのは、毛織物商人の一人だった。

最後にやってきたから、並んでいるのも当然最後尾だ。

椅子の用意は二十四しかなかったから、彼だけは所在なさげに立っている。

「何でしょうか。お手洗いでしたら、そこの角を曲がって真っすぐ、突き当りを右手です」

「ああいや、トイレはいいんだ。ところで私は昔、議長のマルセルとは随分と懇意にしていてね。ひょっとすると彼も……まぁ、旧交を温めたいと考えているかもしれない」

要するに順番を早めてくれないか、という「お願い」だった。

それを聞いて、毛織物商人より先に並んでいる人々が一斉にニコラウスと彼の方をぎろりと睨み付ける。居並ぶ人々の無言の圧力に、さしもの毛織物商人もおずおずと列に戻った。

当たり前だ。一番先頭の鉱石商人は昨日の受付が終わった直後に並びはじめたと聞いている。この寒い季節に徹夜で並ぶなど正気の沙汰ではないし、何か事故があっては困るからと、衛兵が追い返したのだ。

それならば、と今朝もまだ雄鶏が時を作る前に並びはじめたという剛(ごう)の者だった。

コネや金、その他のもので順番を少しでも早めようとする連中は後を絶たないが、ニコラウスは淡々と処理するだけだ。

列に並ぶ人々に、衛兵隊のヒエロニムスが木の椀を配っている。

中に入っているのは、白湯だ。

衛兵隊の会計である彼も、市参事会の要請で空いている時間だけ駆り出されている。

とにかく、陳情が多過ぎるのだ。

これまで市参事会は議長書記を増やすことを渋ってきた。

マルセルは議長就任以来、秘書と法律の専門家、簡単な事務を任せる者の雇用を、ずっと議会に諮(はか)ってきた。

一笑に付されてきたのは、前任者のバッケスホーフに必要なかったのだから、という何の意味もない理由だった。

運河の浚渫の一件で忙しくなり、議長の管掌する仕事にも支障を来たしはじめたことで、なんとか一名、新人を雇用することができたのだ。

その新人は今研修中で、色々と仕事を仕込まれている。

主に旧バッケスホーフ派の議員にとって、市参事会とは古都の様々な利益を調整するための組織でしかなかった。

主体的に市参事会として動くのではなく、誰かが動いた後に追認したり揉め事を解決したりするための話し合いの場に過ぎなかったのだ。

ところがここ数年、市参事会は市参事会の意志で活動するようになっている。

近隣で最も力を持つサクヌッセンブルク侯爵家との蜜月関係にも後押しされ、参事会が参事会の本来の仕事をすることができているというのは、多くの人にとって望ましいことだ。

ニコラウスの雇い主である〈鳥娘の舟唄〉のエレオノーラも現状には大いに満足している。

変化は、利益をもたらす。

特に古都のように停滞の長過ぎた街にとって、変化は大きな好機に他ならない。

「お待たせしましたね。はじめの方、入ってください」

議長執務室の中から声が掛かり、鉱石商人が立ち上がる。

大きな樫の扉を押し開けて、ニコラウスは商人と一緒に執務室へ足を踏み入れた。

誰が何を言ったか言ってないか、証人となるのがニコラウスの仕事だ。

「水深だ」

伝説に語られる鉱精(ドヴェルク)のような商人は、大きな羊皮紙を広げながらそう言った。

「水深ですか」

眼鏡を掛けたり縁の上から覗き込んだりしながら、マルセルが尋ねる。

「鉱石は重い。運ぼうと思えば相応の喫水(きっすい)が必要となる」

喫水とは、舟の底から水面までの距離のことだ。

鉱石や木材のように重いものを運ぶ舟では一般に舟が大きく沈み込むから、繋留(けいりゅう)する港はそれに応じて深くする必要がある。

鉱石商人の目算では、古都を流れる河と同じだけの水深がなければ、運河事業は失敗するということだった。

一度港を開港してしまえば基本的に岸壁をより深くするということは難しい。だから、本格的に港を開業する前に運河をより深く浚渫することが鉱石商人たちにとっては死活問題となるようだ。

「なるほど。今日は足を運んでいただき、ありがとうございます。既に岸壁の深度に関する同様の陳情は他の商人ギルドからも頂いております。鉱石商人ギルドさんも今の古都の岸壁と同じ程度の深さがあれば問題ないということですね」

マルセルの言葉に、商人は深々と頷く。

無茶だ、とニコラウスは思う。

岸壁を深くするということはそれまでの運河も同程度かそれ以上に深くしなければならない。

そもそも、鉱石商人ギルドといえば今の古都の岸壁にさえ文句をつけていることで有名なのだ。

少しでも浅ければ文句を言ってくるに違いない。

「参事会としては、ご意見に感謝します。可能な限り、真摯に対応します」

そう言ってマルセルは鉱石商人のごつごつとした手を、力強く握った。

ニコラウスの見ている前で、マルセルは次々と陳情者を納得させる。

適切な陳情には深く頷いて見せ、無茶な要望や強請りまがいの話は、毅然と突っぱねた。

専門家に尋ねなければ分からない専門的な問題については素直に分からないと詫び、後日改めて会見する時間をニコラウスに書き留めさせる。

ニコラウスは、素直に感心していた。

マルセルというこの小柄な議長は本来、中継ぎとしてしか期待されていなかったのだ。

現役議長であるバッケスホーフの逮捕という異常事態に対して、ほとぼりを冷まし改めて新しい議長を選ぶまでの、取り敢えずの議長。

どこの派閥の息も掛かっていないから、どこの派閥からも反対が出なかった。

そういう消極的な理由で選ばれた、温順なだけが取り柄の議長、だったはずなのだ。

ところが、蓋を開けてみればどうか。

書類仕事も交渉事にも一所懸命に取り組み、実直に市参事会を運営していた。

陳情に並ぶ人間が後を絶たないのも、マルセルと話せば、解決しないまでも漸進しているという何かしらの安心が手に入るからなのだろう。

「そういうわけでマルセル、まぁよろしく頼むよ」

「はいはい、検討しておくよ」

先ほどの毛織物商人も、マルセルとの面談を終えて機嫌よく帰っていく。

特に何かを約束したわけでも、これといった言質を取らせたわけでもない。陳情とは、こういう面があるのかもしれない。

「さて、ニコラウス」

「あ、はい」

ニコラウスは自分の名前をマルセルが憶えていることに微かに驚きを覚えた。

直接名乗った記憶は、二度しかない。しかも一度は、衛兵として、だ。

この人はいったい、何人の名前を憶えているのだろうか。

「昼食にしましょう。今日は外で」

「お供します」

さて、どこへ行くのだろうか。候補がなければ、ニコラウスに腹案があった。

しかし、無用な心配だったようだ。

「居酒屋ノブが昼営業をはじめているらしいですね。今日はそこへ行きましょう」

教会の暦にはそろそろ〈水、温む〉だとか〈蛙、穴から出る〉と挿絵付きで描かれている。

しかし気候は年によって違うもの。

今年は冬の女神が頑張っているようで、春の先触れはまだ感じられなかった。

溶け残った朝の霜の感触を、マルセルが子供のように靴先で楽しんでいる。

「早く春になるといいですねぇ」とマルセルが呟いた。

「まったくです。洗濯物が乾かなくて困りますからね」

古都では洗濯物を地下に干すが、冬の間は乾きが悪い。

「ああ、とてもよくわかります」

彼の声にも深い同意が感じられる。

マルセルは織物ギルドの出身だから、冬場に水を使うことも多かったのかもしれない。

結果から言えば、二人が辿り着いたときには居酒屋ノブの昼営業は終わっていた。

余程期待していたのか、マルセルががっくりと肩を落とす。

「私が二十五人も面接したからですね」

申し訳なさそうに言うマルセルだが、そんなことはないとニコラウスは否定した。

二十五人というのも、事前に書記が面接して絞った人数だ。

本当はもっと多くの人間が陳情に来ている。

単なる利益誘導が目的の連中や何を言いたいのか分からない人々にはニコラウスたちが事前にお引き取り願っているが、それでも二十五人までにしか絞れなかったのだ。

二十五人と言っても、十人の団体もあったから、実際には七組ほど面会した計算だった。

当然ながら反対派もいる。

あまり強硬に反対を掲げている訳ではないが、明らかに反対派貴族の息の掛かっていると思(おぼ)しい申し込みはニコラウスが慎重により分けていた。

そもそも、ニコラウスが手伝いとして選ばれた理由の一つに、元衛兵だということも加味されているはずだ。手荒い真似をする陳情者は今のところいないが、用心に越したことはない。

河賊(かぞく)を使って利益を上げている貴族にとっては、運河の浚渫は忌々しいものだ。

悪名高い〈鼠の騎士〉のような一部の貴族が、妙な動きをしないとも限らなかった。

何か声を掛けようとニコラウスが逡巡(しゅんじゅん)していると、硝子戸が内側から引き開けられた。

「あれ？　ニコラウスさんとマルセルさんじゃないですか」

ひょっこりと顔を出したのは、シノブだ。

「ああ、昼を食べに来たんだけど、ちょっと出遅れちゃってね」

申し訳なさに後ろ頭を掻くニコラウスに、シノブがにっこりと微笑む。

「夜の仕込み中ですけど、食べていきますか？　簡単なものしかできませんけど」

「それはありがたいですね。お言葉に甘えましょう」

「ニコラウスさんは、彼らのことをどう思いましたか」

料理の出てくるのを待ちながら、マルセルが唐突にニコラウスに尋ねた。

カウンター席に座っていると、鶏肉を焼くいい匂いが漂ってくる。

「そうですね。こういう席だからはっきり言いますが、議長が直接会う価値のない人もいたように思います。時間の無駄です」

マルセルはくつくつと笑った。

「そうですね、私もそう思います」

意外な答えに、ニコラウスはマルセルを見返す。

茶目っ気のある笑みを浮かべ、マルセルはお湯の入った硝子杯を両手で弄（もてあそ）んでいた。

「お待たせしました、まずはねぎまです」

シノブの運んできた皿には、鶏肉と長ネギを交互に串に刺したものが並んでいる。

「これこれ、私はヤキトリに目がないんですよ」

すいませんね、仕込み中なのに、とマルセルが礼を言うと、

「以前、随分とお気に召しておられたようですから」とタイショーが笑った。

さぁ、ニコラウスさんも、とマルセルに勧められて、一口。

鶏と、ネギ。

こんなに合うものだったのか。

タレが実にいい具合に絡んでいて、思わずにやけそうになる。

少し焦げ目のついたネギは、香ばしさの後に、しっかりと火の通ったネギ特有の甘さがとろりと口の中に広がるのが実に嬉しい。

「私は古都の生まれですが、この長ネギに目がないんですよ」

本当に嬉しそうに、ほふほふとマルセルがネギマ串を頬張る。

タイショーはこちらの食べる具合を見ながらヤキトリを焼いてくれているようだ。

絶妙なタイミングで、次の串が運ばれてくる。

「皮の塩です」

「砂肝です」

「つくねのたれです」

シノブが次々と運んでくるヤキトリを、無心になって頬張った。

パリッパリのカワからじゅわりと滲む脂。

コリコリとした食感が病みつきになるスナギモ。

食べ応え満点で鶏肉の実力を再認識させられるツクネ……

「……うう、ここにトリアエズナマがあれば」

ニコラウスの本音に、マルセルがあっはっはっといい声で笑った。

「奇遇ですね。私も全く同じことを考えていたところですよ」

食べ終えた串を、マルセルが縦と横、交互に並べていく。

「私は議長に向いていないと思っていました。今もそれほど、向いているとは思っていません」

ぽつりぽつりと呟くように話すマルセルの言葉。

一言も聞き逃さないようにしようと、ニコラウスは耳を欹てる。

マルセルは、望んで市参事会の議長になったわけではない。

先代の議長のバッケスホーフが失脚したことで、臨時に選ばれたという側面が強い人選だった。次に立つべき議長が決まるまでの、一時的な代行者。

そういう風に見ている市参事会の議員が多かったのは、事実だ。

しかし今では運河浚渫の大事業の推進者の一人として立派に務めている。

ニコラウスは、この市参事会議長のことを上司として尊敬していた。

「実を言うと、大市の鐘を鳴らすときに失敗しましてね。本当はもっと上手く鳴らすつもりでした」

鐘のことはニコラウスもなんとなく憶えている。

確かに、変な鳴り方だった。

あれはマルセル議長が鳴らした鐘だったのか。

「あれで、いい意味で吹っ切れました。誰がやっても、鐘を鳴らすのが少々へたくそでも、大市の祭りははじまるんです」

マルセルが縦に横にと組む串の本数が増えていった。

「誰がやっても同じだと考えたときに気付いたんですよ。古都の市参事会議長になるために生まれてきた人間はいないんだ、ってね」

言われてみればその通りだ。

誰もが何かに挑戦するときに、完全に準備が整っているわけではない。

ニコラウスは、仕込みをしているハンスの横顔をちらりと盗み見た。

そうだ。硝子職人の息子として生まれ、衛兵として職を得ていたハンスが、今はこうして立派に居酒屋の厨房に立っている。

向いていないと言われながらも織物ギルドの人間が市参事会の議長をやってもいい。

「織物はね、経糸(たていと)と、緯糸(よこいと)でできているんです」

ああ、とニコラウスは納得する。この串は、経糸と緯糸なのだ。

「経糸だけでも、緯糸だけでも、織物はできません。両方あってこその織物です。美しい模様も、どちらかが欠ければ、崩れてしまう」

そう言って、組んだ串からマルセルが一本の櫛を引き抜く。

「古都の水運を変える事業は、大きな織物です。一本一本の糸が大切です」

「運河は、理屈だけでは通らないということですか？」

ニコラウスが問うと、マルセルは口元だけで笑った。

「理屈と、感情と。大きな事業にはどちらも大切です。織り手にできることは、経糸も緯糸も、見逃さないようにすることだけです」

理屈と、感情。

会う必要はなくても、会っておく。

市参事会の議長が会ってくれたということだけで満足する者もいる。

会わなかったというだけで気分を害する者もいるだろう。

運河が通った後に根に持つ人間もいないとは限らないのだ。

そういう些細なことの積み重ねが、織物全体の調和を乱し、完成を妨げてしまう。

だからと言って、感情だけを優先することもできない。

神ならぬ人間には全てを見通すことはできないが、せめて人間としてできる限りの糸を集めて、織物を完成させようと試みる。

そのために、無意味とも莫迦莫迦しいと思っても、会えるだけの人間に会っておくのだ。

マルセルの笑顔は、ニコラウスにそう言っているように見える。

ヤキトリの串を弄びながら、ニコラウスは今日陳情に来た人々の顔を思い浮かべた。

その一人一人に理屈があり、事情があり、見ているものがある。

マルセルはその一人一人から話を聞いて、叶えられること、叶えられないことを受け止めようとしているのだ。

「明日からの陳情者、選び方を変えてみます」

難しい仕事だった。

機械的に来た人々を割り振ればいいわけではない。

単純な作業ではなく、本当に大切なものを、本当に大切だと見極める仕事なのだ。

「よろしくお願いします。古都の水運を変えるためには、必要なことです」

ニコラウスの肩を叩くマルセルの手は、どこまでも優しかった。

ジョウヤナベの夜

とろ火でくつくつと煮込む鍋から、湯気が立ち上る。

一人用の小さな土鍋には豚肉とホウレンソウ。

煮えはじめた豚肉に、ホウレンソウの鮮やかな緑が目に嬉しい。

ジョウヤナベという名前は、常夜（イエードナハト）の鍋という意味だと教えてもらった。

豚肉の煮える香りの中に微かに薫るアツカンの匂いが食欲をそそる。

リオンティーヌはにんまりと微笑むのを堪え切れない。

ノブの閉店後、ハンスが料理修業をしている時間はリオンティーヌの晩酌時間だ。

ニホンシュの勉強にかこつけて、色々な肴を堪能する。

最近のお気に入りは、一人用のコナベダテだ。

一口にコナベダテと言っても、具材によって姿を変える。

ダイコンをおろしたユキミナベや、白身魚がプリプリと美味しいタラチリ。

鉄砲貝の入ったカキナベのようにミソで味を調えるものもいい味わいだ。

トーフとちょっとした具材を煮込むユドーフも捨てがたいし、逆に色々な具材を愉しむナベヤキウドンも、腹に溜まるのが嬉しい。

肉、海鮮、野菜に麺……

ナベの料理にはとにかく種類が豊富で、シノブやタイショーでさえ全てを口にしたことがないというから驚きだ。

シノブは一度ツウフウ鍋というのを食べたいらしいが、タイショーは渋い顔をしていた。

女の子が好きな料理ということは、甘いデザートなのだろうか。

鍋一杯のデザート（デセール）は確かに男にはつらいかもしれない。

自分の裁量で料理を進めるというのは、リオンティーヌの性に合っている。

酒と肴の具合を自分で調整しながら舌鼓を打つのは、誰かに何かを強制されることのない、自分だけの幸せな時間だ。

今日食べているジョウヤナベも、お気に入りの一つだ。

肉と野菜をどういう順番で食べるのかをぼんやりと考えながら酒を飲むのは、単純に楽しい。

こういう何気ない時間は、堪らなくよいものだ。

傭兵として戦野を駆けていた頃には火の通った料理にありつけない夜も少なくはなかった。

温もりのある糧食が出てくる戦場は、それだけで大当たりだ。

コナベダテのように温かさに主眼を置いた料理は、それだけで言い知れない嬉しさがある。

もちろん戦場の粗雑な糧食など、この店で出てくる料理とは比べ物にならないのだが。

焼いただけ、茹でただけ、切っただけ。

日持ちがするようにしっかりと焼きしめたパン（ブロート）はガチガチに固くなっていて、噛み切るのに顎が疲れる代物だったし、新鮮な野菜なんてもちろん手に入るはずもなかった。

スープは薄く、シチューにはクズ野菜しか入っていない。具に肉の切れっ端が入るのは戦勝祝いくらいのもので、脂身が申し訳程度に浮いているだけだ。

リオンティーヌのようにそこそこ金のある人間はともかく、傭兵稼業だけで食っていこうという農民の次男三男出身の人々は、金がないから他所で糧食を買うこともできない。酒保商人の用意する食糧に文句しか言えないのだから余計に辛かっただろう。

荷馬車ごと雨に濡れて傷んだパンを酒保商人に売りつけられたことも一再ではない。

契約で軍の司令官が支払う金額は定まっているから、糧食の質を落とせば落とすほど酒保商人の懐は潤うという仕組みを知ったときにはさすがのリオンティーヌも閉口した。

勝とうが負けようが、酒保商人だけはしっかり儲ける仕組みがあるのだから大したものだ。

〈軍隊とは畢竟（ひっきょう）、足の生えた胃袋〉

昔の偉い武人の言葉だそうだが、傭兵にとっては敵も怖いが飢えも怖い。

特に飢饉（ききん）の年の戦争は酷かった。

敵も味方も食糧がないから、勝っても腹いっぱい食べられない。

腹が減って眠れない晩を幾夜過ごしたかなんて、思い出したくもなかった。

「そう考えると、ここは天国さね」

口を衝いて出た言葉に、ハンスが顔を上げる。

「ほんと、天国みたいだよね」

自由に料理の試作をさせてもらえることを、ハンスは言っているのだろう。

失敗も修業の内と、タイショーはハンスに好き勝手にさせている。

自己流に食材を使うから、とんでもない味のものが出来上がることもあった。

一方で、営業時間中の仕込みではタイショーの技を惜しみなく教え込まれているから、ハンスにとっては恵まれた環境だ。

教えられることと、自分で学ぶこと。

両者の均衡が崩れると、なかなか上手くいかないものだ。

教えられるだけだとすいすい道を進める気がするが、殻を破ることができない。

自分で学ぶだけだと、道に迷ったときに途端に足踏みすることになる。

剣術を修めるときのリオンティーヌにも、タイショーのような師がいれば。

考えても詮無いことだと思いながら、時々考えずにはおられない。

貴族として誰かに嫁ぐでもなく、女傭兵として名を上げるでもなく、想い人も追い切れず。

考えるまでもなく、中途半端な人生を送ってきた。

きっと自分は何者にもなれず、名を残すことなく終わるのだろう。

〈槍〉のウルスラとまみえた後だからこそ、なおさらその思いが募る。

生きた伝説であるウルスラ・スネッフェルス。

彼女は貴族として領地と民とを立派に治め、数え切れぬ武勲を上げ、女としても生きた。

そういう輝かしい太陽のような人生を歩む先達の姿を見てしまうと、自身の人生はくすんだ石のようにも思えてしまう。

しかしそれでも、日々を生きている。

美味い酒を飲み、美味い肴を食べ、気の置けない人々と生きる生活。

戦場にいたからこそ、分かる。

平穏無事な生活なんて、望んでも得られるものではない。失わなければ気付かないものだ。

ああ、だからこそ。

リオンティーヌはしみじみと呟いた。

「ほんと、天国みたいだよ」

あるいは、天国に見える地獄なのか。

ここにいる限り、この先には一歩も踏み出そうと思えない、地獄。

天国のような地獄を、抜け出す勇気。

目の前で小麦を練っているハンスのことをリオンティーヌが密かに尊敬しているのは、そこだ。

ベルトホルトの話を聞く限り、衛兵隊で勤め続けていてもハンスは一廉（ひとかど）の人間として頭角を表していたに違いない。

世間知に富んだニコラウスと組めば、衛兵中隊長と言わず、連隊長代理にもなれたはずだ。

連隊長には貴族しかなれないが、その代理を預かる人間には平民が就くこともある。

帝国直轄都市である古都（アイテーリア）では連隊長代理をはじめとした管理職は平民にも門戸を開いているよう

だから、決してあり得ない話ではない。

傭兵の経験のあるリオンティーヌから見ても、ハンスはいい連隊長代理になっただろうと思う。

その道を知ってか知らずか、蹴った。

決断をリオンティーヌは愛する。

果断であることは、デュ・ルーヴの家風だ。

昔、東王国(オイリア)の南部が異教徒に襲われたときも、王を僭称(せんしょう)する不忠の輩が叛乱をそそのかしたときも、デュ・ルーヴの祖先は果断に行動し、名を残してきた。

傭兵という道を選んだのも、デュ・ルーヴの末裔だからという思いがあったからだ。

決断をしたハンスと、何も決められないリオンティーヌ。

毎日同じ道だけ馬車を牽く馬は、果たして幸せなのだろうか。

武名を轟(とどろ)かせるという夢は、露と消えた。

いや、そもそもその夢は自分のものだったのだろうか。考えはじめると、分からなくなる。

傭兵になる夢のために、家を飛び出したのか。

家を飛び出したかったから、傭兵になるという夢を抱いたフリをしたのか。

ちょうど煮えたホウレンソウを一口。

豚肉の旨味が沁みていい按配だ。

ハンスが下茹でをしてくれたので青臭さもなく、食べやすい。

雪に閉ざされた季節に青い菜を食べるのは、帝国の庶民にとっては贅沢なことだ。

戦場で焚火を囲んだ傭兵たちはそんなことをこぼしながら、薄い粥を啜っていた。

ここで豚肉を一口。

追いかけるようにして、アッカンをキュッと呷る。

じんわりと身体に滋味が広がっていく。

今宵の酒は、ジョウキゲンという銘柄だ。

熱燗にすると、堪らなく、美味い。

くぅっと声が漏れそうになるのを我慢したのは、ハンスが目の前で料理をしているからだ。

なんとなく、恥じらいのようなものを感じる。

次の一杯は、チビリチビリと。

ハンスの手を見る。

麺棒で生地を伸ばす手は、剣を持つ者に特有の険が鳴りを潜め、料理人のそれに近付きつつあるようにリオンティーヌには見えた。

鍋が煮え過ぎないように様子を見ながら、コナベダテに箸を伸ばす。

しみじみと、美味い。

丸く形を整えた生地に、ハンスが肉を練った種を包んでいく。

「新作かい？」

タイショーたちがギョウザと呼ぶ料理にしては、少し皮が厚いような気がする。

「ちょっと面白い工夫を考えたんだ」

背を伸ばしてカウンターの中をひょいと覗いてみると、種以外にも何かを皮に包んでいた。

「煮凝り（ズルツェ）？」

肉を煮込んだ汁を冷ましてやると、煮凝り（にこごり）ができる。

ノブではときどき酒の肴としてオトーシで出てくるが、味わい深くて密かな人気だ。

ギョーザに入れるとどうなるのか、味の想像がつかない。

「焼いている内に煮凝り（ジュルッ）が溶けて、中でスープ（ズッペ）にならないかなって」

わくわくとした表情で説明するハンスに、リオンティーヌは思わず笑みがこぼれた。

成功するか失敗するかは分からないが、何事にも物怖じせずに挑戦する姿は見ていて楽しい。

頬杖を突いて、ハンスが種を包んでいくのを見る。

自分も何かにこうやって一途になれるだろうか。

「さ、どうなるかな……」

ギョウザと同じ要領で、ハンスが煮凝り入りの新作料理を焼いていく。

上手く成功すればいいのだが。

ジョウヤナベのホウレンソウをもむもむと食べながら、挑戦の行方をじっと見守る。

ある程度火が通ったところで、お湯を加えて蒸し焼きに。

じゅわっと沸き起こる湯気を蓋で閉じ込めると、じゅうじゅうと心地よい音が響いてくる。

目の前で料理が出来上がっていくというのは、いつ見てもいいものだ。

「……そろそろかな」

蓋を取り、ハンスがギョウザを取り出そうとする。

「あっ」

悲痛な声。

覗き込むと、皮が破れて汁がこぼれてしまっていた。

「あちゃあ」

まぁこういうこともあるだろう。

慰めの言葉をかけようとして、リオンティーヌの視線はハンスの横顔に釘付けになった。

悔しそうな、それでいて決して諦めないという強い意思の籠もった表情。

「皮をもっと厚く……いや、それよりも何か返し方を工夫すれば……」

すぐに次の方法を真摯に考える。

このひたむきな姿勢は、親譲りなのか、天稟なのか。それともハンス自身が生きていく中で身に付けたものなのか。

得難い才能だなとしみじみ思う。

ハンスの横顔を肴に、アツカンを一杯。

「どれ、ちょっと見せてみなよ」

失敗を嘆くハンスに声を掛け、もう一度フライパンを覗く。

ひょい。

皮の破れたギョウザを口に放り込んだ。

溶けた煮凝りはハンスの見立て通り、熱いスープになったのだろう。

まだ少し残っていた温かい汁気が口の中でじゅわりと広がった。

「うーん」

「ど、どうかな？」

不安そうにリオンティーヌの顔色を窺うハンスに、にやりと微笑みかける。

「これにはトリアエズナマだね。こないだ舐めさせてもらったショウコウシュもいい」

味のことを言われると思っていたのか、なぁんだとハンスがほっと安堵の息を吐いた。

もう一つギョウザを取って、ジョウヤナベに放り込んでみる。

これもまた、いい味だ。

ちょっとゴマをかけるとよいかもしれない。

「皮を厚くしたら、スープに浮かべてもいいかもしれないね」

「ああ、元はそういう料理なんだ」

「へぇ、そうなのかい？」

ハンスが身振り手振りを交えて、昔語りをはじめる。

その話を肴に飲むと、不思議なほどにアツカンが進んだ。

一度食べ終えた料理の汁が、煮凝りになる。

その煮凝りもまた、新しい料理として命を授けることができるというのなら。

空の盃に、アツカンを改めて注ぐ。

スープにギョウザを浮かべて、どうやって酒に合う料理にするか。スープにはショウガが合うのではないか。あまり腹に溜まると売上が落ちてしまうかもしれない、とハンスは想像を巡らせるのに忙しそうだ。

ふと、ハンスが店を持ったら、自分はどうしようかと考える。

ハンスが店長兼料理人。

その隣には、女給仕としてリオンティーヌ。

いやいや、と首を振る。

そんな風にハンスを見ているつもりはないし、ハンスの方が迷惑に違いない。

迷惑には違いないが、確かめたわけではないと思い直す。確かめるくらいならいいのではないか。

居酒屋というのは人手が要るし、ハンスの気に入る店員が見つかるまでの臨時店員というのも、ないではない。

思い切って、素知らぬ顔をして従業員になるという手もある。それも決断ひとつだ。

デュ・ルーヴの家は果断を愛するのではなかったか。

いずれにしても、まだ先のことだ。

今はただ、この天国のような時間を楽しもう。

今年の古都は雪が多い。

大雪で通りから人通りの絶えた日こそほとんどなかったが、積もるほどに降った日は両手指では足りなかった。

カウンターから振り向いて引き戸を通して通りを見ると、まだ雪が残っている。
雪は、どこから降るのだろうか。
きっと、天国の少し下から降るのだろう。
真っ白に降り積む雪を見ると、まだ春は遠そうだ。

徴税請負人と少女の微笑み

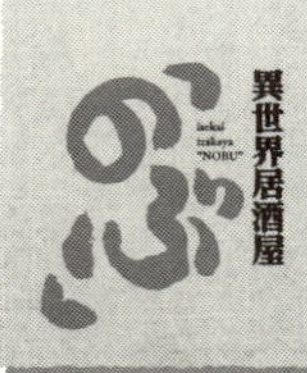

「それが噂の被保護者か」

衛兵中隊長ベルトホルトが尋ねると、ゲーアノートは表情を変えずに頷いた。

衛兵として問い質すという風ではない。

しのぶの目には、興味津々な周囲の皆を代表してベルトホルトがお話を聞きに来たように見える。

その証拠に、ベルトホルトの視線は話を聞く相手であるゲーアノートではなく、隣にちょこんと腰掛けるヘンリエッタの方に釘付けだ。

迷子として保護されたヘンリエッタは、形式上はゲーアノートの被保護者になっている。

もちろんゲーアノートが子供を育てるというわけではない。そういう一切合切は、イングリドに頼んでいる。

既にカミラが一人いるから大して変わらないという判断だ。

ただ、服やらなにやらはゲーアノートが用立てているようで、今のヘンリエッタはちょっとした貴族の令嬢にも見える。

本人に聞けば否定するだろうが、かなりの猫かわいがりだ。

わざわざ髪結いまで頼んだというのだから、相当なものだと思う。

まだ開店したばかりの居酒屋のぶには客の姿はまばらだが、皆、ヘンリエッタに注目していた。

無理もない。

今でこそ随分と人が丸くなったが、かつては血も涙もないと恐れられていた徴税請負人のゲーアノートが迷子の少女の保護者になったというのだから、話題にならないはずがなかった。

昼はカミラと一緒にイングリドの手伝いをしているヘンリエッタだが、ときどきこうしてゲーアノートと食事を摂りに来る。

ベルトホルトが話しかけてきたのは、そんなときだった。家で帰りを待つヘルミーナと双子のために、煮物を買いにきたそうだ。

周囲からの好奇の目に少し辟易としていたのでありがたい。

唐揚げとビールを持ったベルトホルトが席を移る。

社交辞令もそこそこに、気になっていたことを尋ねるのは実にベルトホルトらしい。

「未成年者庇護の届け出は出しているはずだが」

「それはヒエロニムスが受け取っている。律義なものだな」

「文書を扱う仕事をしているのだ。徒や疎かにはできんよ」

「まぁそりゃそうなんだが。保護者なぁ」

未成年を保護する古都の人間は結構多い。

農村の親戚の子を預かったり、兄弟姉妹の子が多過ぎたり、家を継がせる養子として育てたり。

ただ、真面目に手続きをすることはほとんどないとしのぶは聞いている。

市参事会と衛兵隊とそれぞれの町会と、あちこちに書類を提出しなければならないし、手数料も必要になるからだ。もちろん、羊皮紙もインクもただではない。

生活していて段々と分かって来たのは、古都には意外にしっかりとした文書行政が根付いているということだ。

字の書けない人のために読んで聞かせてくれる人もいるし、文字の書けない人のための代書業が何軒も店を出しているのを見かける。意外に繁盛しているようだ。

但し、重要視される書類とそれほどでもない書類があるようで、未成年者保護は後者に属する。

本当はエーファを雇用する居酒屋のぶも書類を提出しなければならないのかもしれないが、一度も注意を受けたことはない。

むしろ、必要かどうかを尋ねたら「何故？」と聞き返されてしまうほどだ。

だからこそ、ゲーアノートの届け出は珍しいのだということがしのぶにもよく分かる。

何事もしっかりするゲーアノートらしい。

「さ、ヘンリエッタ。衛兵中隊長のベルトホルトさんだ。挨拶して」

ゲーアノートに促され、ヘンリエッタはカウンター席から立ち上がるとちょこんとお辞儀した。

「……はじめまして、ベルトホルトさん。今後ともよろしくお願いします」

周りで様子を窺っていた酔客たちの間から「おおっ」と声が漏れる。

ヘンリエッタは無口なので、はじめて声を聞いたという客も少なくないはずだ。

「ベルトホルトさんは悪い人を捕まえる仕事をしている」

まるで実の父親のように、ゲーアノートが衛兵の仕事を説明する。

悪人を捕まえること、街を守ること、その他もろもろ。

ヘンリエッタが関心を示したのは、悪人を捕まえるというところだった。

「悪い人って、どういう人？」

「そうだな、規則を守らずに勝手なことをする人、だな」

規則を守らずに、というところで一瞬、ヘンリエッタが身を固くしたように見えたが、しのぶの気のせいだろうか。

「ヘンリエッタちゃんも悪い奴を見かけたら教えてくれよ」とベルトホルトが笑う。

こくこくと頷くヘンリエッタは小動物のようで愛らしい。

「お待たせしました！　ハイボールと若鶏の唐揚げです！」

エーファがベルトホルトの唐揚げを運んでくる。

「お、待ってました」

今日の唐揚げはパセリ入り。

双子が生まれて身体に気を使いはじめたベルトホルトのための一工夫だ。

熱々の唐揚げにガブリと齧り付くのを見ていると、しのぶも思わず食べたくなる。

日中の訓練でよほどお腹が空いているのか、実に見事な食べっぷりだ。

唐揚げを齧り、そこによく冷えたハイボールをキューーッと流し込む。

ザクリ、と唐揚げを齧る音も、ゴッゴッと冷えたハイボールが喉を滑り落ちていく音も、なんとも耳に心地よい。

職場では〈鬼〉の中隊長、家庭では育児パパとして獅子奮迅(ししふくじん)、八面六臂(はちめんろっぴ)の働きをしているベルトホルトにとって、のぶでのひと時は憩いなのだろう。

瞬く間に唐揚げとハイボールを平らげると、持ち帰りの風呂敷を抱えて席を立った。

「ありがとう、今日も美味しかった！」

明日の晩酌はチキンナンバンがいいな、持ち帰り料理はウナギ弁当で、とあらかじめ注文して、会計を済ませる。

こうやって先に注文をしておけば、こちらも下拵えに手間取らずにすぐ受け渡しができるというベルトホルトの時短術だ。

気が付くともう、ベルトホルトの姿は目の前になかった。

「……嵐のような男だな」

閉まった引き戸を見て、ゲーアノートが独り言つ。

「まだ麺も煮えていないというのに」

味付けはいつも通りで、と信之が尋ねると、ゲーアノートは「もちろん」と答えた。

片眼鏡の徴税請負人のナポリタン好きも、堂に入ったものだ。

「ヘンリエッタちゃんはどうしますか？」

しのぶが尋ねると、ヘンリエッタが恥ずかしそうにもじもじする。

のぶに来たときはいつもナポリタンを食べているが、きっと別のものを食べたいのだろう。

口元に耳を近づけると、ヘンリエッタがぽそぽそと注文を伝えてきた。

「……分かりました！」

その様子を見て、ゲーアノートは憮然としている。

自分と違う注文をするヘンリエッタの自主性を重んじたいと思いつつ、ナポリタンを一緒に食べてくれないことに一抹の寂しさを感じているような、複雑な表情だ。

何を頼んだかは、わざわざ尋ねない。

そういう距離感に、なんとも面白みがあった。

信之にヘンリエッタの注文を伝えると、うん、と頷く。

すぐに指示を出すと、ハンスが阿吽(あうん)の呼吸で動きはじめた。

料理は手際。パスタが茹で上がるまでに他の材料の下処理を済ませてしまう。

「ゲーアノートの旦那は、最近は暇なのかい？」

イグナーツとカミルのテーブルにお造りを運んでいたリオンティーヌが尋ねると、ゲーアノートは片眼鏡の位置を直し、咳払いをした。

「今は冬だからな」

「冬だから？」

「稼ぎの少ない人間が多いのに、税を取り立てて回っても、無駄足になるだろう？」

そんなことも分からないのかと言いたげだが、内容には優しさがある。

冬の取り立ては無駄足になる、というところではエーファがうんうんと頷いていた。

無駄足になるからと言いながら、実際には貧しい人のことを考えてのことだろう。

「ゲーアノートさんは、優しい？」

ヘンリエッタが上目遣いに尋ねると、ゲーアノートはまた咳払いをした。

「優しいのではない。職務を遂行する上で、無駄なことはしないだけだ」

照れ隠しの言い訳にも聞こえるが、ヘンリエッタはむぅと考え込んでいる。

はじめてゲーアノートが居酒屋のぶにやってきた頃は、随分と厳しい取り立てをしていたという話だったが、随分と丸くなった。

しのぶにとっては、大切な恩人の一人だ。

「税はどうして取られるの？」

話は終わりかと思ったが、ヘンリエッタは続けて問う。

適当な返事をせず、ゲーアノートがヘンリエッタの方へ向き直った。

「税は皆のために使うものだ」

「みんなのために？」

そうだ、とゲーアノートは引き戸の方を見る。

「〈馬丁宿〉通りの道は凸凹（でこぼこ）だが、以前はもっとひどかった。あのままでは馬が足を引っ掛けて転倒する恐れがあった。だから、市参事会は道を均（なら）してきれいにしたんだ。費用には古都に暮らす人々の税金が使われた」

それはしのぶもはじめて知った。

確かに道は前よりもきれいになった、という気がする。

他にも、とゲーアノートは直近の税の使い道を指折り挙げていった。

徴税請負人として、取り立てのときに税の使い道を尋ねられるのだろう。その説明には澱みがなく、分かり易く、しかも丁寧だ。

「分かったかな、ヘンリエッタ」

大人しく聞いていたヘンリエッタが放った次の言葉に、周囲の皆は虚を突かれた。

「貴族が贅沢をするためじゃない？」

重い空気が流れる。

ヘンリエッタはしかし、幼い視線をまっすぐゲーアノートから逸らさない。

どう答えるのだろうか。

コポコポとパスタを茹でる湯の音が、耳に大きく響く。

「……そういう貴族も、いる」

お為ごかしでごまかすという方法を、ゲーアノートは選ばなかった。

「私利私欲、つまり自分とその家族のために人々から重い税金を取り立てる貴族は、いる。それも少なくない。否定のしようがない事実だ。もちろん、そういう徴税請負人も」

和やかだった店内の視線は、ゲーアノートに集中している。

「ゲーアノートさんも？」

核心を、ヘンリエッタが突いた。

ゲーアノートが二度瞬きをし、片眼鏡の位置を直す。

「私もかつてはそうだった。そうすることが当たり前だと思っていた。しかし」

そこでゲーアノートは一旦、言葉を切った。

「今はもうそんなことはしない。必要なだけ取り立て、徴税請負人として市から認められる分だけ利益を貰って生活している」

テーブル席で海鮮丼を食べていたイグナーツとカミルが頷く。

それだけでないことを、しのぶも信之も知っていた。

米を仕入れ過ぎた商会のために手助けしたり、税について困っている人に助言をしたりと、最近のゲーアノートは徴税請負人として求められる以上に、人を助けるために動いている。

「ゲーアノートさんは悪い徴税請負人じゃないんだ……」

ヘンリエッタは返事を聞いて、考え込んだ。

見た目以上に、賢い子供らしい。

いや、エーファやカミラを見る限り、こちらの世界の子供達は総じて日本の同年齢の子供よりも大人びた考え方しているようだ。

ちょっとした行動にしても、実は計算された行動だということも多い。

「さ、お待たせしました」

ちょうど、信之のナポリタンができあがった。

具は玉葱とピーマン、それにもちろん厚切りのベーコンだ。

このゲーアノートの注文も、すっかり定番になった。

もちろん、粉チーズとタバスコも一緒だ。

いつもならばここでゲーアノートはすぐにナポリタンを堪能するために集中しはじめるのだが、
今日は少し様子が違った。

何故かそわそわとカウンターの調理場側を気にしている。

どうかしたのだろうかと少し考え、しのぶはすぐに理解した。

ヘンリエッタもいつもナポリタンを食べている。

二人でのぶに来るときは、いつもお揃いだったのだ。

それが今日はいつもと違うものを頼んだから、気になるのだろう。

「ヘンリエッタちゃん、お待たせ」

リオンティーヌが運んできたのは、真っ赤なパスタだ。

「鱈（たら）のトマトスパゲッティ、お待たせしました」

トマトの赤に、鱈の白身がよく映えている。

ゲーアノートが怪訝そうにしのぶの方を窺ってきた。

しのぶがヘンリエッタの方を見ると、恥ずかしそうにコクンと頷く。

「ヘンリエッタちゃんは魚が食べたかったんですって」

それでも、ゲーアノートと同じようなものが食べたい。

だから、間を取って、魚を使った赤いパスタはできないか、という注文だったのだ。

「そ、そうか。なるほど……」

複雑な表情を浮かべるゲーアノートを、リオンティーヌがにやにやと笑いながら肘でつつく。

もじもじとヘンリエッタが恥ずかしそうにしながら、フォークを手に取った。

フォークを入れると鱈の身がほろりと崩れる。

ぱくり。

鱈を頬張るヘンリエッタの笑顔は、どこまでも幸せそうだ。

魚をリクエストしただけあって、鱈はヘンリエッタのお気に召したらしい。

鱈を食べ、パスタを口にして、また鱈を食べる。

にこにこと微笑みながら食べる姿を見ていると、こちらまで嬉しくなってしまう。

はじめてナポリタンを食べたときには、カトラリーの扱いは上手いものの、緊張しているのか、少しおっかなびっくりという風が見えたものだったが、今は食べる所作さえ愛らしい。

ゲーアノートも、ナポリタンに舌鼓を打つ。

いつも通りのナポリタンをいつも通りに信之は作ったはずだが、今日はいつもより美味しそうに食べているように見える。

隣に、ヘンリエッタがいるからだろうか。

親子ではない二人が、親子のようにパスタを食べる。

会話こそないが、漂う雰囲気は家庭のそれだ。

トマトで汚したヘンリエッタの口の周りを、ゲーアノートが拭ってやった。
ヘンリエッタの方も、抵抗せずに、されるがままに笑っている。
しのぶの目には、ヘンリエッタの微笑みが眩しく映った。

【閑話】恋煩いは万病のもと

〈四翼の獅子〉亭で下働きをしているシモンが寝込んだのは数日前のことだった。

軽い発熱だけかと思われたが、無理をして働こうとして、ばたりと倒れ込んだのだ。

これにはパトリツィアも驚いた。

同郷のパトリツィアが記憶している限り、村にいた頃のシモンが体調を崩したことはない。

川に落ちようが深秋の山で一晩を過ごしても、びくともしないと言われていた。

頑健さが取り柄で古都（アイテーリア）に就職先を斡旋してもらったほどだから、寝込むのは本当に珍しい。

ちょっとした風邪だろうと本人も周囲も甘く見ていたのだが、あれよあれよという間に病は篤（あつ）くなり、薬師を呼ぶ羽目になってしまった。

〈馬丁宿〉通りで最近高名になりつつある薬師のイングリドが招かれ、治療に当たる。

薬草の匂いの漂う部屋で、パトリツィアは志願して看病に参加させてもらった。

シモンが倒れて慌てたのはリュービクだ。

流行り病だとしたら、とんでもないことになる。

「流行り病だって？　過労だよ、過労」

イングリドは違うと断言したが、もしも流行り病だったら堪ったものではない。

幸いにして帝国北部はここ数十年ほど流行り病の記憶からは遠ざかっている。

だが、その恐ろしさについて知らない者はいなかった。昔語りに語られる悪疫の話は皆の記憶に残っている。

古都でも有数の高級な宿である〈四翼の獅子〉亭は客も高い身分の人間が多い。

万が一にも伝染すれば、大変だ。

普通ならここでシモンのような従業員を放り出して終わりにする店も少なくない。

働けない人間、それも病に臥せっている人間を置いておくのは、よほどの篤志家か、敬虔な人間だけだろう。

しかし、古くから言うように人の口に城壁は立てられない。だから、放り出した従業員は恐らく自分が今寒空の下で凍えている理由を誰かに伝えたいという衝動を抑えきれなくなるはずだ。

そうなると、選択肢は限られてくる。

店で飼い殺しにするか。

あるいは口止め料を払うのか。

噂の届かないどこか遠くへ放り出すという手もあるだろう。

口封じまでするかどうか。それは店の責任者がどれだけ優しいか、あるいは目端の利く人間か、という点にかかっている。

もちろん、リュービクは別の方法を選ぶことにした。

つまり、シモンをゆっくり休養させることにしたのだ。そうすることが当たり前だと思ったし、他の選択については想像さえしなかった。

基本的に厨房の中で育ったリュービクは、人を冷酷に扱うということを知らなかったのだ。

とは言え、噂になるだけでも厄介だということで、店を臨時休業にした。

パトリツィアたちは不意の休みを喜んだが、すぐにがっかりする羽目になる。流行り病ではないとはいえ、念のための臨時の休みだから、外へ出歩けないのだ。

外出できないからと大掃除をしてみたものの、普段は手の行き届かないところまで丁寧に拭き掃除しても、時間が無限に掛かるわけではない。

そもそも〈四翼の獅子〉亭は、一流の宿だ。滅多に掃除しないところ自体があまりなかった。

暇を持て余すと自然に噂話が盛り上がる。

そこで急遽、屋根裏の女中部屋で開催されたのが、宴会だ。

宴会と言っても大したものではない。

用意できる料理は厨房からこっそり失敬したものや小遣いで買ったお菓子が中心だし、お酒自体が舐める程度にしか集まらなかった。

当然、陛下でいつも自分たちが給仕している宴会とは較べるべくもない。

それでも、宴会は宴会だ。

ひっそりと寝静まった深夜の〈四翼の獅子〉亭の屋根裏で、蝋燭の灯りを囲んで、布団を被った女中たちが噂話を肴に酌み交わす。

話は多岐に渡ったが、そこは世間知らずな女中たち。すぐに話題は底を尽いた。

必然的に、今回の休業の原因であるシモンのことへと話は及んだ。

「お金のためらしいよ」

蝋燭灯りの下で毛布を被った同僚の言うことには、シモンは無理をして貯金をしていたらしい。

先輩従業員たちの仕事や残業を肩代わりして、人の二倍も三倍も働いてまで小銭を稼ぐ。

寸暇を惜しんで働くシモンは睡眠時間も削っていたそうだ。

それどころか有料の賄いまで断って、銀貨一枚銅貨一枚まで無駄にせずにせっせと貯蓄に励んでいたのだという。

「何のためにそんなにお金を稼ぐんだろ？」

調理場からくすねてきた堅焼きのパンを齧りながら、パトリツィアが当然の疑問を口にした。

お金が必要なのは、誰も同じだ。

ただ、そんなに必死に稼がねばならないほどにシモンが金に困っていたようには見えない。

もし何か理由があるなら、相談してくれればよかったのに、と少し思う。

パトリツィアもそれほど余裕があるわけではないが、貯えがまったくないというわけではない。

〈四翼の獅子〉亭は気前がいいというほどではないが、給金は少なくないのだ。

身なりを整えて少し余りがあるくらいの稼ぎは、パトリツィアにもある。

同郷の誼（よしみ）で少しくらいなら融通しないでもない。

いったい、何にシモンは金を使おうというのだろうか。

「ここだけの話だけど」

とっておきの秘密を打ち明けるように、同僚の一人が声を潜める。

女の子たちは興味津々で顔を寄せた。

「……結納金（ゆいのうきん）、らしいよ」

結納金。

その言葉を聞いて、パトリツィアは憮然とした。

結納金というのは、結婚を申し込むときに男の側が女性の家族に支払うお金のことだ。

古都の辺りでは最近は必要ないことも多いそうだが、パトリツィアの実家の辺りでは必ず支払う仕来りになっている。

「誰に？」

宴会の参加者全員の聞きたいことを、誰かが尋ねた。

しかし噂を持ち込んだそばかすの女中はやれやれと首を振る。

「それが分からないのよねぇ」

どうやら相手までは突き止めきれなかったらしい。周囲の期待が落胆に変わる。

自称情報通ということだったが、まぁこんなものだろう。

それよりも、気になるのはシモンのことだ。

パトリツィアは失望した。そして呆れてもいる。

彼女には恋愛のことはよく分からない。

真面目に厨房付きの女中としてただ働いてきた。

職場の環境に不満はない。

だが、同郷の先輩であるシモンのことについては、人一倍敏感であった。

あの日、あのとき、居酒屋ノブへ誘ってくれたのは何だったのだろうか。

不思議と裏切られたという気持ちは湧いてこなかった。

ただ、この状況をなんとか打破しなければならないという激しい情動のうねりが、パトリツィアの精神と肉体とを支配している。

だから、行動に出ることにしたのだ。


「ま、熱も下がったし、もう大丈夫だろうね」

細い木のへらで舌を押さえながらシモンの喉を覗き込んでいたイングリドが微笑んだ。

隣で見ていたパトリツィアは、ほっと胸を撫でおろす。

パトリツィアの祖母の姉、つまり大伯母は羊飼いだった。

村の近くの曠野（こうや）と冷涼な山地を行き来し、牧羊犬を相棒に羊の群れを操る。

颯爽（さっそう）とした姿はパトリツィアにとって憧れで、もし古都への就職が決まらなければ、羊を飼って暮らすことも考えたほどだ。

手伝いのために羊を追うのがパトリツィアは好きだった。

牧羊杖を手に山野を歩くのは、とても楽しいものだ。

犬に適切な合図を送ると放たれた矢のように走り、雲の塊のような羊の群れが形を変える。

しかし、羊飼いの仕事はいいことばかりではない。

臆病な羊や好奇心の強い羊が、ついふらふらと群れからはぐれてしまうことがあるのだ。

曠野や山には危険が満ちている。

狼や大地の割れ目、ちょっとした小川の流れさえ、羊には命取りになりかねない。

そういう羊を見ながら、大伯母はパトリツィアに教えた。

「群れからはぐれた羊はね、男と一緒だよ」

どういうことだろうか。

大伯母の夫、つまり大伯父は立派な人物だったが、同時に恋多き男でもあった。時々酒場で若い女に声を掛けては大伯母に怒られている。

それでも最後には必ず大伯母のところへ帰ってくるのだから面白い。

「アンタは今、どうして羊は群れから離れたのか、なぜ帰ってこないか考えているね？」

こくりと頷くパトリツィアを、大伯母は曠野と山とで過ごした年数の刻まれた大きな掌で優しく撫でる。

「そういうときにはね、〝考える前に連れ帰る〟んだよ」

理由なんか後でいくらでも本人から聞けばいいのさと、大伯母は豪快に笑った。

シモンが治ったというので〈四翼の獅子〉亭は粛々（しゅくしゅく）と営業を再開する。

馴染みのお客に営業再開を伝える挨拶状を送ったり、他の宿に分宿してもらっていたお客に詫びを送ったりと、普段にはない仕事も多い。

客足が戻らないのではないかという不安もあったが、今のところ反応は上々だ。

むしろ、待ち侘びていたという声が多い。

やって来る客は貴族や商人、職人と様々だ。

古都が賑やかになっているから、冬をここで過ごす貴族も多いのだろうか。宿にやってくる貴族の翩翻(へんぽん)と靡(なび)かせる旗の紋章には〈群鼠(むれねずみ)〉や〈葡萄(ぶどう)〉など珍しいものも少なくない。

リュービクも厨房に立つだけでなく、羽根ペンとインク壺で羊皮紙相手に格闘中だ。

「珍しいな、パトリツィアが我が儘を言うなんて」

「お願いします」

営業の再開から数週間経ったある日、リュービクの執務室を珍しい人物が訪なった。

封筒に封蠟(ふうろう)を捺(お)すリュービクにパトリツィアが頼み込む。

椅子に背を預けて頭の後ろで手を組みながら、リュービクが難しい顔をした。

「従業員への賄(まかな)いは料理人たちにとって自分の創意工夫を試す大切な機会だ。自分の順番が回ってくるのを心待ちにして準備している奴もいる。それを一品、自分の好きな料理にして欲しいというのはなぁ」

やはりだめなのだろうか。

上目遣いにパトリツィアが見ると、リュービクが苦笑した。

「ま、他ならぬ〈神の舌〉の頼みだ。なんとでもするよ」

よし、と心の中で掌を握りしめる。

今の時期に手に入りにくい食材についてはあの居酒屋から分けて貰うことになった。

本当に不思議な店だが、こういうときはありがたい。

細工は流々仕上げを御覧じろ、だ。


ああ、腹が減ったと従業員たちが食堂に集まってくる。

「今日の賄いはなんだろうな」

なにせ〈四翼の獅子〉亭の賄いだから、いつも美味い。

病み上がりなのに人一倍働いたシモンも空きっ腹を抱えているようだ。

配膳をするパトリツィアと目が合うと、シモンは気まずそうに視線を逸らす。

結納金を支払う相手は、いったい誰なのか。

この場で問い質したい気持ちを、ぐっと堪える。

パトリツィアの脳裏に、大伯母の言葉がよみがえった。

「そういうときにはね、〝考える前に連れ帰る〟んだよ」

そう、大切なのは「まず連れ帰ること」なのだ。

着席した従業員の前に、配膳の係がスープ（ズッペ）を注いでいく。

「え？」

従業員の誰かが声を上げた。

「スープ（ズッペ）が、赤い？」

注がれたのは、真っ赤なスープだ。

ビーツという赤カブを使ったスープは驚くほどに透き通る深紅になる。

パトリツィアとシモンの故郷の味、ボルシチだ。

リュービクに無理を言って作らせてもらったボルシチは、パトリツィアが味見を繰り返したので、限りなく故郷の味に近い。

元はもっと東の料理だというが、二人にとって忘れられないふるさとの味。

「え、あ……」

シモンがスープ皿とパトリツィアの顔を困惑の表情で見較べる。

無理もない。

村で男が結婚を申し込むとき、結納金を持っていき、「毎日、君の作ったボルシチが食べたい」というのが定番のプロポーズなのだ。

そして、それに対しての返事は、実際にボルシチを作るかどうかで行われる。

逆に女性から結婚を申し込むことはほとんどないから、先にボルシチを作った場合はどうなるのだろうか？

パトリツィアは、今になって不安になった。

侯爵のお嫁さんも自分から結婚を申し込みに来たというし、問題はないはずだ。

それでも心配になると鼓動が早くなる。

「あ、えーっと、その」

周りの従業員たちは事態を正確に理解しているわけではないが、何か面白そうなことが起こっていることだけは察して、にやにやとシモンとパトリツィアの顔を交互に見つめていた。

唯一少しだけ分かっているリュービクも、口元に笑みを浮かべて事の成り行きを見守っている。

「ちょっと、待ってて！」

椅子から立ち上がると、シモンはまるで脱兎の如くに食堂を出て行ってしまった。

まさか、逃げたのか？

パトリツィアは胸の前で拳を握りしめた。

逃げられたら、追うだけのこと。

大丈夫、故郷から古都まで追いかけてきたのだ。今更それが少し伸びたところで、恐れることは何もない。

どたどたと戻ってきたシモンの手には、汚い布袋が握られていた。

屋根裏の従業員部屋に隠してあったのだろう。蜘蛛の巣まで絡まっている。

「えっと、あの……」

自分の席に戻らず、シモンはパトリツィアの前に立ち、それから跪いた。

手に持った布袋を、恭しくパトリツィアに差し出す。

「あ、あの、パトリツィア……」

「はい」

「順番が逆になっちゃったんだけど」

「はい」

「ボルシチを、作って、くれませんか？」

三度目の「はい」は〈四翼の獅子〉亭の従業員の歓声に掻き消された。

羊ははじめから、群れからはぐれていなかった、ということである。

アジな組み合わせ

バーデンブルク伯ヨハン＝グスタフは酷く疲れていた。

肉体的にではない。

精神的な疲労が、心を蝕んでいたのだ。

「閣下、帝都より書状が届いておりますが……」

手紙を持ってきた家令の言葉に軽く溜息を吐くと、ヨハン＝グスタフは左の拳で額を押さえた。

右手を軽く払う仕草だけで「そこへ置いておけ」と指示を出す。

内容は見ずとも分かっていた。

ヨハン＝グスタフの座る永年樫の大きな執務机に同様の手紙が来ているからに他ならない。

莫迦莫迦しいと思いながらも、ヨハン＝グスタフは家令の置いた手紙の封蝋を割る。

中身を一瞥し、もう一度溜息を吐いた。

「古都の運河がどうなるか、なんて私が知るはずがないのにな」

帝都は今、政治の季節だ。

貴族にとっての政治とはつまり形を変えた戦争のことである。

戦争、戦争、戦争。

血の代わりに言葉と風聞とが流れ、信用と信頼が傷付く戦場だ。

干戈の代わりに言辞を交わし、弓箭の如くに手紙をやり取りする。

これまでであればヨハン＝グスタフは基本的に政争とは距離を保つことができた。

先帝コンラート四世の係累ではあるが、権力志向は薄い。政治から距離を置くために特に過去に絶えていたバーデンブルク伯爵家を再興して承継したような人物だ。

政治という遊戯に血道を上げる諸侯にとっては毒にも薬にもならないと評されていた。

しかし、今は違う。

状況が変わったのは、帝都の勢力図の大きな変化のせいだ。

今、帝都での政争の中心にいるのは、皇帝コンラート五世と皇后セレスティーヌの二人。

先帝コンラート四世といえば謀略も一流で、常に複数の派閥を競い合わせることで帝室の権威を保護し、利益だけは得るという戦略を採用してきた。

だが、后を迎えたあとのコンラート五世は、違う。

海に放たれた魚。

地に放たれた狼。

天に放たれた竜。

政敵を懐柔し、分断し、包囲し、各個撃破する。

この変化に諸侯は恐れ戦き、生き残るために徒党を組み、情報を求めた。

その情報源として期待されたのが、ヨハン＝グスタフだ。

まず、帝室との距離が比較的近い。

社交界と比較的距離がありながら、重要な諸侯との親交も厚く、情報源として優れている。

人当たりがよく、〈毒婦〉ことセレスティーヌの政治的策動に加担していそうにないというのも重要な要件だそうだ。

ヨハン＝グスタフに言わせれば莫迦莫迦しいことこの上ない。

帝室と対立している派閥は殊更に東王国（オイリア）の危機を訴えるが、帝国の秩序を乱して他国の付け入る隙を作っているのはむしろ彼ら彼女らの方ではないのか。

聞けば内々に運河の開削についての妨害工作まではじめたというから愚かさも大したものだ。

もちろんさすがに妨害までいくと帝室への叛逆と受け取られかねない。

だから、危険に手を染めず政争ごっこを楽しみたい多くの貴族たちは、手紙攻勢にせっせと勤しむのだ。意気地の無いこと連中だと嘲る価値すら無い。運河の開削に反対するなら反対派の貴族を糾合（きゅうごう）して、きちんと筋道を立てて反対すればいいのだ。

結局、物流が盛んになる利益自体は理解しているからこその、手紙攻勢なのだろう。河賊を使う大河周辺の中小貴族たちのために皇帝と皇妃に抗ってみせる度胸もない。迷惑千万なことにちょうどいい相手と見做されているのがヨハン＝グスタフというわけだった。

そういう次第で、これまでは節季の挨拶もほとんど交わしたことのないような相手からの手紙を毎日のように処理する羽目になっている。

ペーパーナイフで封蝋を雑に割りながら、ヨハン＝グスタフは姪であるヒルデガルドとその夫のマクシミリアンのことを思い出した。

きっとあの幼い夫婦にも莫迦な諸侯は書状を送り付けているだろう。

マクシミリアンの家には先代からのしっかりした家宰がいるから心配していないが、その心労は想像するに余りあるものがあった。

こういう愚かな政治の季節は一刻も早く過ぎ去って欲しい。

どうせ冬の雪に降り籠められて外に出られないから碌でもないことを考えるのだ。

春になって武張った連中が狩りで体力を発散すれば、少し静かになるに違いない。

それにしても、と羊皮紙をヨハン＝グスタフは汚れ物でも摘まむように親指と人差し指の二本で机の脇へ除けた。

詩才の欠片もない人間の書く散文的な手紙は、読むに堪えない。

文学的修辞を使わないのならまだしものこと、中途半端に気取ってみせるのが鼻についた。

これなら一度は志(こころざ)した吟遊詩人の道を諦めたというサクヌッセンブルクの若殿の方が幾分読めるものを書くのではないか。

とはいえ、もらった手紙を無視するのも体裁が悪い。

帝都の非主流派にとって、今の重大な関心事は古都の運河だ。

どこをどういう風に勘違いしているのかは知らないが、古都における運河の開削事業は皇帝夫妻による謀略の一端であり、その〈重大機密〉について調査することは帝国に忠節を誓う諸侯の務めなのだという。

あの手紙にも〈重大機密〉。

この手紙にも〈重大機密〉。

そんなに〈重大機密〉があると思うなら、手紙で尋ねずに自分で調べに来ればよいものを。

はっきり言ってヨハン＝グスタフは運河のことについてほとんど何も知らない。

常識的に考えて、水運が発達すれば、古都は富む。

古都が富めば貧しい人が減ることになるのだから、いいではないか。

自分のことをよい領主だとヨハン＝グスタフは思わないが、腹を空かせて泣く子供の数が少ない政治がよい政治だというくらいのことは分かるし、それを目指している。

運河を通して泣く子が減るのなら、それはよいことだ。

色々と理屈を付けても、泣く子供を減らすことのできない策略を弄する貴族には賛成しかねる。

それでも返事をしなければならないから、貴族の生活とは窮屈なものだ。

ヨハン＝グスタフは相手に勘違いされない程度に平易な言葉で、しかしときには思わせぶりな言葉遣いで、手紙を認（したた）める。

にべもなく撥ねつけるような返事を書いてもいいのだが、そこはヨハン＝グスタフの生来の性格でなんとなく相手の期待に添うようなことを書いてしまうのだから、自分も悪い。

五通、六通と返事を書いているうちに、段々と飽いてきた。

元から書きたくもないものを書いているのだから、今一つ身が入らない。

身が入らなければ書き損じも出る。文人としての矜持が書き損じをナイフで削って済ませるのをよしとせず、はじめから書き直すことになってしまうから、いつまでも終わらない。

おっとりしたところのあるヨハン＝グスタフだが、次第に苛々してきた。

この手紙に返事を書いたところで自分は楽しくないし、誰も幸せにならないではないか。

机の上にある銀鈴を手に取ると、ヨハン＝グスタフは三度鳴らした。

隣室に控えていた家令がすぐに姿を現す。

「お呼びでしょうか？」

「ああ、出掛けてくる」

こういうときには気晴らしが必要だ。

「どちらへ？」

尋ねる家令に応えようとして、ヨハン＝グスタフの中に稚気が芽生える。

「うむ、今日向かう場所は〈重大機密〉なのだ」

家令が一瞬、唖然とするが、すぐに気を取り直して出立の準備をはじめた。

向かうのは、もちろんあの店だ。


「いらっしゃいませ！」

「……らっしゃい」

いつも通りの挨拶。いつも通りの応対。

変わらないということが、ヨハン＝グスタフにとって何よりもありがたい。

カウンターに腰を下ろしながら、隣の席に軽く会釈する。

眼光の鋭い男性客は、確か古都の衛兵中隊長だったはずだ。

名前はベルトホルト、と言ったか。

半年に一度の閲兵(えっぺい)に招待されたときに挨拶をしたことがある。

上役の傭兵連隊長との仲はともかく、実力のある指揮官だという評判だ。

「さて、まずはトリアエズナマを貰おうか」

オシボリを受けとりながら、ヨハン＝グスタフは注文する。

尋ねられる前に注文するのも些(いささ)か無作法かと思うが、ここは社交界ではない。

衛兵隊長と貴族が席を並べて食べるような店だ。何も気にすることはなかろう。

「すぐにお持ちしますね。お食事はどうなさいますか？」

「何かおすすめはあるかな？」

聞くとシノブの顔が楽しげに綻んだ。

「今日はアジが綺麗ですよ」

アジ。

先帝陛下と一緒にこの店を訪れたときに、シュニッツェルのようにして食べた魚だ。

「ではそのアジを……そう、アジフライだ。アジフライで頼む」

はい、承りましたと元気な返事が響く。

こういう清冽さが、心地よかった。

世俗の毒に塗れた塵界の煩わしさから逃れられたらどれほどよいだろうか。

権謀術策の渦巻く政治の世界などからは離れて、田舎で詩と音楽とを友として生きたい。

僅かな友と語らいながら、晴れれば狩りに出掛け、雨に降り籠められれば詩を詠む暮らし。

時間の止まった世界で永劫の穏やかな生活を営むことができれば楽しかろう。

しかし、そうなると。

悩みの一つは、この店に来られないことだ。

ヒルデガルドとの思い出の店でのひとときは、やはり惜しい。

オトーシとして出されたハクサイの煮物を口に運ぶ。

じゅんっと口に優しい味が広がった。

こういう味わいの生活を、ヨハン＝グスタフは求めているのだろう。

帝都の変化も、どうでもいい。

ただこの煮物のように、優しく棘のない味をずっと楽しむのだ。

たまには姪のヒルデガルドを訪ねるのもいいだろう。

「お待たせいたしました！」

エーファという少女給仕が、アジフライを運んできた。

黄金色にカラリと揚がった二尾のアジフライ。

鬱屈した気持ちを晴らすためにやって来た居酒屋でこの味に再会できるというのは、僥倖だ。

揚げ物は、熱いうちに食べるのが美味しい。

それもこの店で学んだことだった。

ウスターというソース（ソーサ）をドボドボに掛けて、下品に食べる。

ザクリ。

脂の乗ったアジフライへと豪快に噛り付くと、口の中いっぱいに白身魚の甘みと、ソースの微かな酸味、そしてふっくらとした食感の全てが渾然一体となって広がった。

「ほふぅ」

カラッと揚がった衣と中の身の柔らかさの対照的な食感が、得も言われぬ幸せを運んでくる。

こういう喜びが潜んでいるから、田舎に引っ込んで暮らす踏ん切りがつかないのだ。

残りの一尾にもソースをかけようとした瞬間、隣の席にも料理が運ばれてきた。

「待たせたね」

「お、来た来た」

リオンティーヌが運んできたのも、揚げ物だ。

しかし、ただの揚げ物ではない。

ワカドリを揚げたものをタレに潜らせ、そこにとろりとしたソースを掛けてあるのだ。

「これこれ、チキンナンバンがないとはじまらないよな」

嬉し気に料理にハシを伸ばすベルトホルト。

それを見た瞬間、ヨハン＝グスタフを稲妻のように天啓が駆け抜けた。

「タイショー！」

「何でしょうか？」

ただならぬヨハン＝グスタフの様子にも、タイショーはたじろがない。

「このアジフライに……」

「アジフライに？」

「そのとろりとしたソースをかけることはできるだろうか……？」

刹那、タイショーの目が鋭く細められた。

鬼気迫る、とでも表現すればいいのだろうか。

重々しく口を開くと、タイショーは厳かに言った。

「よく、お気付きになりましたね」

卵黄に油と酢を加え、マスタードと塩、胡椒で味を調える。

それを粗微塵に切ったゆで卵とラッキョウ、ほんの少しのレモン汁と和えれば出来上がり。

タルタル、というソース(ソース)なのだという。

「お待たせいたしました」

新たに揚げたアジフライに、タルタルソース。

ソースを添えるだけでアジフライが全く新しい料理に見えるから、不思議だ。

手、ではないな。

かといって、ナイフとフォークも風情がない。

少し悩んでから、ヨハン＝グスタフはハシを所望した。

お行儀よく切り分けて食べるべきではない。

この料理には何となく、ハシが合うような気がしたのだ。

揚げたてのアジフライにたっぷりとタルタルソースを付け、齧る。

ザクリ。

「……ああ」

思わず、声が漏れた。

カラッと揚がった衣と中の身の柔らかさ。それをタルタルソースのまろやかな味わいが包んで、口の中で調和している。

油の味とソースの酸味がほどよく混じり合って、少しも角がない。

ウスターを掛けたアジフライが若々しさの象徴であるとすれば、タルタルを掛けたそれは円熟に達した老練さだろうか。いや、しかしラッキョウのシャクシャクとした食感は、積み重ねた技巧の中になお、青い若さを感じさせる。

齧り、ラガーを飲み、また齧る。

頬が緩むのを、止めることができない。

なんという至福、なんという幸運。

こういう偶然の出会いがあるからこそ、やはり隠遁（いんとん）生活はできない。

隣で見ていたベルトホルトの喉がごくりと動く気配が、ヨハン＝グスタフには感じられた。

「た、タイショー、オレにもこの料理を……」

ベルトホルトが口火を切ると、周りの客たちが後に続いた。

「オレにもくれ！」

「こっちには二皿だ！」

手を挙げてめいめいに注文する客の声に、ヨハン＝グスタフも和す。

「タルタルソース、多めに頼む」

はいはい、アジフライは逃げやしないよ、とリオンティーヌが注文を取りに回る。

「あ、じゃあ、こっちにも……」

「オレはラガーで！」


夜半に家へ帰ると、家令は心配そうに扉の前で待っていた。

主人であるヨハン＝グスタフのことをよほど心配していたのだろう。

ただでさえ下がり眉なのが、今日は更に錘(おもり)でも付けたかのように下がっていた。

しかし、上機嫌で帰ってきたヨハン＝グスタフを見て、その表情がパッと輝く。

「おかえりなさいませ、閣下。なにか気晴らしになることはありましたか」

今日のことを一から全部話してやろうかと考えて、ヨハン＝グスタフは少し考えた。

どう言えばあの味わいを伝えることができるだろうか。

それから、不敵な笑みを浮かべて、

「うん。だが、それは〈重大機密〉だな」と笑うのだった。

いつもそばにあるもの

招かれたのは、街の小さな居酒屋だった。

夕暮れの〈馬丁宿〉通りは、冬だというのに活気に満ちている。

雲間から射す西日に苛烈さはなく、やがて来る春の序曲のようにやわらかだ。

街並、露店、そして何よりも、人々の顔。

グロッフェン男爵の目には、古都(アイテーリア)の街並は何もかもが新鮮に映る。

土地の瘦せた男爵領では、いずれもお目に掛かれないものばかりだ。

「ここじゃ、ここじゃ」と案内してきてくれたエトヴィン助祭が店を指す。

厩(うまや)に繋がれた馬の嘶(いなな)きや人々のざわめきを掻き分けるようにして辿り着いた居酒屋は、異国情緒溢れる佇まいの店だった。

ただの居酒屋ではあるまいと、男爵は見当を付ける。

思わず身構えてしまったのは、扉に使われている硝子もさることながら、木材の質が高いからだ。

貴族の端くれとして、高価な品々の相場はおおよそ心得ているつもりだが、居酒屋の材に軽々に使うようなものではない。木の種類までは分からないが、異国の品であろう。

やはり、単に招かれたというよりも、別の意図があると見た方がよいのだろうか。

謀殺。脳裏を過る言葉を、必死に振り払う。

男爵が警戒するのも、故無きことではない。

グロッフェン男爵、バルタザール・ヘムレンゼン。またの名を〈河賊男爵〉という。

自分自身が河賊を率いているわけではないが、この名前に怨みを持つ者も少なくはない。

招待主のエトヴィンは酒席での謀殺のような、古式ゆかしい企てをする人物とも思えないが、全く緊張しないと言えば嘘になる。

頭上を舞う冬鳥の、細く嗄れた声が響いた。

いや、あるいはここで討たれるのも一興だろうか。

最愛の妻はもう亡く、髪は銀に染まった。

古都は運河の話でもちきりだが、そのことがグロッフェン男爵領に与える影響を思えば、先を見ずに済むのならば、という気も沸き起こる。

エトヴィンは慣れた様子で引き戸を開けた。

「いらっしゃいませ！」

「……らっしゃい」

気持ちのよい歓迎の挨拶が響く。

店内の思わぬ温かさに、バルタザールは自分の身体が冷え切っていたことに気が付いた。

微かな自嘲の笑みが、口元に浮かぶ。

自分ではいつ死んでもよいようなつもりになっていたはずが、寒さにさえ気付かぬほどに緊張していたのだ。

「お待ちしていた」

テーブル席に座を占めているのは、金髪の青年だ。

サクヌッセンブルク侯爵、アルヌ・スネッフェルス。

帝国成立期にまで遡る血筋で、帝国北方最大の領地を有する諸侯の一人。

そのアルヌが場末の居酒屋に腰を落ち着けているのがなんとも不釣り合いに見え、バルタザールの頬が緩んだ。

表情の変化を好意的に受け取ってくれたのだろうか。侯爵は自分の向かいの席をバルタザールに勧めてくれた。

「本日はお招きいただき、ありがとうございます」

「これまで正式な場ではお目にかかる機会のなかったのを、愧じておりました。ご足労いただき、ありがとうございます」

挨拶の所作はバルタザールの目から見ても洗練されている。

とても吟遊詩人を目指して二年間も領地を放り出していた人物には見えない。

社交界の噂など当てにならぬものだ、と人物評を改める。

〈河賊男爵〉などと仇名される自分と較べるのは失礼だが、サクヌッセンブルク侯爵にも、色々と噂があった。

聞こえてくる噂ではとんでもないうつけで遊侠の無頼（ぶらい）で、弟の方がよほど侯爵然として見えるという話だったが、そんなことはない。バルタザールの目の前に座っている若者が侯爵に相応しくないというのであれば、帝国には公爵も侯爵も一人もいないということになるのではないか。

「お通しの、鮭の唐揚げです」

この店の流儀なのか、注文する前に料理が運ばれてきた。

カラリと揚がった魚が、食欲をそそる。

そう言えば、腹が空いていた。いつもならば早朝の祈祷が終わった後に軽く食事を摂るのだが、今日は緊張でどうしても食指が動かなかったのだ。

フォークを使い、口に運ぶ。

ざくり。

じわりと、脂の乗った魚の味わいが口に広がった。

これは美味い。

許されるならエールが欲しいものだが、と隣を見ると、陪席しているエトヴィンは、当たり前のように酒杯を傾けている。

聖職者らしからぬ飄々（ひょうひょう）とした爺様だと思っていたが、この会合が私的なものだということを示しているのかもしれない。

堪らず視線で確認すると、アルヌはにこりと微笑む。

「済まない、こちらにエールを一杯」

「はい！」

元気よく応じた赤毛の少女は、エーファというらしい。

古都は豊かだと思っていたのだが、こういう幼い子も仕事をしているのだ、と気付いた。

グロッフェン領では、この年頃の子は皆、額に汗して働いている。

貧しさは、悪だ。

そんなことを考えているうちに、エールが運ばれてきた。

ジョッキも、引き戸と同じく硝子だ。

我慢できずに、よく冷えたジョッキを口に運ぶ。

ぐびり。

ぐびり、ぐびり。

サケの脂をエールの微かな苦みがさっと洗い流していく。

喉越しが、実に心地よい。

アルヌを前にして抱いていた僅かな不安も、躊躇いも、一緒に飲み下されていくようだ。

残りのカラアゲも、口へ放り込む。

そこへ追いかけるように、エール。

ぐびり、ぐびり、ぐびり。

口の中に幸せが広がる。

亡き妻にも、食べさせてやりたかった。

考えてみれば、老境に差し掛かるまで、領地のことに汲々とし続けた人生だった。

小麦も上手く育たぬ土地では、民草の糧は僅かなソバと馬鈴薯ばかり。

ソバは挽いて粉にしたものをガレットに焼くか、そのまま煮て粥にするか。

どちらも素朴な味わいの食べ物だが、領地の外へ売って金に換えるのは難しい。

自然、領民や近隣の領地に暮らす人々は生計のために他の稼業に手を出している。

漁師や猟師、出稼ぎ労働者に鋳掛屋や舟宿など。

〈河賊〉も、その一つだ。

グロッフェン男爵も〈河賊男爵〉などというありがたくもない仇名を奉られ、恐れられ、色々な面倒事にも巻き込まれた。

「そういえば改めてご結婚おめでとうございます」

「ありがとうございます。新婚生活というのはよいものですね」

「いえ、侯爵。それは違いますぞ」

と、言うと？　とアルヌが訝しげな顔を浮かべる。

男爵の持論は、こうだ。

「新婚に限らず、結婚生活はいつもよいものです。健やかなるときも、病めるときも」

そして、死別した後でさえも。同じ時を過ごしたという事実は永遠に不滅だ。

「ははぁ、それは」とアルヌが応じた。きっとまだ、理解はしていないだろう。

「御馳走様、じゃな」とエトヴィンが頷いた。

「ああ、聖職者であるエトヴィン助祭には関係のないことだったな」とアルヌ。

はて、とバルタザールは首を捻る。

「そうなのですか？」

エトヴィンがさりげなく視線を逸らした。

「教導聖省の聖職階層（ヒエラルヒー）を上らなければ、確か妻帯は禁じられていないはず」

確かそういう話を昔聞いたことがある。

「お待たせしました！」

運ばれてきたのは、温かな湯気の立ち上る深皿のスープ料理（ズッペ）だった。

どことなく海の香りを感じるスープには麺（ヌーデル）がたっぷり入っており、上に卵が二つ浮かんでいる。

「ほほう、これははじめて見る料理じゃのう」

「双月そばです」

店の常連だというエトヴィン助祭も見たことがないというのなら、珍しいものに違いない。

双月と聞けば、なるほど。

名にし負うだけのことはあり、汁に浮かぶ卵は帝国を照らす二つ月を象（かたど）っているのか。

風流だな、と思わず口元が緩んだ。

日々の糧を得ること、民を食わせることに一生懸命で、食に美を見出すなど、忘れていた。

フォークを差し出されたが、アルヌもエトヴィンもハシというカトラリーで食べるようなので、バルタザールもそれに倣うことにする。

両掌でドンブリを包み込むように持つと、温かさがじんわりと伝わってきた。

手指が温まるにつれ、緊張に凍り付いていた心も解れてくるのが分かる。

「……それでアルヌ殿、今日お招きいただいたのは？」

問わずとも、概ね予想は付いた。

〈河賊〉のことを、責められるのであろう。命まで取られることはないかもしれない。だが、覚悟だけはしておいた方がいいと思っていた。

古都と複数の商会、サクヌッセンブルク侯爵家をはじめとした古都周辺の諸侯が運河を開削する必要があるのは、貴族による河川への税と、河賊だ。

今ではほぼ影響力がないとはいえ、グロッフェン男爵バルタザールを排除すれば、周辺の諸勢力に対して強い意思を示すことができる。

アルヌの瞳を見つめると、予想に反してきょとんとした顔をしていた。

「ご挨拶の機会がなかったので……それだけでは問題が？」

他意はない、と帝国北方最強の動員力を持つ諸侯の若き当主は言っている。

そんな莫迦な、とバルタザールは両の肩の力が抜けるのを感じた。今日、早朝の祈祷の場で妻に恐怖を吐露したのは、なんだったのか。

ああいや、自分が〈河賊男爵〉という仇名に拘り過ぎただけだったのかもしれない。

なんだか、全てが莫迦莫迦しくなってしまった。

断罪しようとする大諸侯と罪を背負った老貴族ではなく、この場にいるのは若い侯爵と年老いた男爵の二人だということだ。

「さ、早く食べないと、せっかくの料理が冷めてしまう」

エトヴィンに促されるままに、双月ソバの器を両手で包むようにして口に運ぶ。

温かいというよりも熱いスープが、喉を滑り落ちた。

胃の腑が、温かい。

アルヌとエトヴィンの二人のやり方を真似ながら、麺を口へ運ぶ。

「ん！」

思わず、声が出た。

小麦の麺かと思っていたが、これは違う。香りに、憶えがあった。

「ソバか！」

麺になっていても、この芳しい香りは間違いようがない。

「ええ、本日お越しになる方の領地では蕎麦が名産だと伺いまして」

それまで黙々と作業に没頭していた料理人が説明する。

ソバと小麦を混ぜ、麺にしたのだという。

麺を入れたスープ料理は耳にしたことがあったが、ソバを使うのは見るのも食べるのもはじめてのことだ。

ズズ、ズズズ……

汁を啜り、ハフハフと麺を手繰る。

温かい。

はじめはハシで麺を食べるのに苦労したが、少しコツを掴むと口に上手く運べるようになる。

素朴な味わいだ。

ソバ粉を使ったガレットも好きだが、これはまた違ったよさがある。

妻にも、食べさせたかった。

ドンブリに二つ並んで浮かぶ卵が、夫婦に見える。

そこからの話は、自然に弾んだ。

二人が胸襟（きょうきん）を開いて話すのをエトヴィンが上手く誘導するので、話題は尽きない。

互いの領地のこと。

運河のこと。

大河の周辺に領地を持つ諸侯のこと。

アルヌの大伯父のこと。

そして、二人の妻のこと。

祖父と孫ほどに年の離れた二人だったが、不思議なほどに話が合った。

妻を亡くしてから、これほど会話を楽しんだことはなかったはずだ。

エールも口を滑らかにし、バルタザールはついつい話し過ぎたと思うところまで話してしまう。

それに応じてか、アルヌもかなり突っ込んだ話をバルタザールに話して聞かせた。

開削工事を妨害する者がいるなどという話を、バルタザールは今日はじめて耳にした。

しかし、思い当たる名前がある。

運河の開削を望むものは多い。

その一方で、運河が通ることによってこれまでの生活を続けることができなくなる者もいる。

利害の対立するところに現れて、自分の利益を得る者。

「〈鼠の騎士〉かもしれんな……」

「ああ……」

その名前に、アルヌも心当たりがあるようだった。

ゲオルク・フォン・ウンターベルリヒンゲン、またの名を〈鼠の騎士〉。

鼠のようにこそこそとやって来ては、面倒ごとを種に金を毟り取っていくという噂の騎士だ。

性質が悪いのは、腕っ節ではなく、頭の回転の方だった。

古い法律や慣習を盾にして、小銭を巻き上げていく。一方的にゲオルクが悪いのなら、大貴族や帝国も処罰に乗り出すところだ。

だが、一片の真実や法的な正当性を持ち出すのが奴の面倒なところだ。

鼠のようにすばしっこく、利に敏(さと)い。

自分が先に被害を受けたことにして、損害の賠償を請求する。

弱者の代理となって、商人やギルドの弱みにつけ込んで金を払わせることもあった。

要するに、難癖を付けて金を毟り取ろうとする破落戸(ごろつき)だ。

しかし、普通の破落戸を蜥蜴とするならば、ゲオルクは毒竜のように厄介だとされている。河賊なら追い払えばいいが、ゲオルクは、一番来て欲しくないときにやって来るのだ。家や屋敷の台所や屋根裏に入り込む鼠のようにどうやっても防ぎようがないという意味では、〈鼠の騎士〉というのも、言い得て妙な仇名だった。

妻を娶ってからは暫く大人しくしていたはずだが、今はどうしているのだろうか。

小さな領地を大河のほとりに持っていたはずだが、バルタザールも久しく顔を合わせていない。運河の開削という大きな話に、絡んでくる恐れは十分にあった。

「ま、そんなことよりも」

エトヴィンがハシを改めて手にする。

「儂はスープの卵はこうやって食べるのが好きじゃな」

黄身にハシを入れると、つぷり、と中身が溢れ出た。

もう一つの黄身も、同じように。

とろとろとスープに広がったところを、エトヴィンはすっと飲む。

スープとよく混じって美味いに違いない。

だが、バルタザールにはなんとなく黄身を潰すのが忍びなかった。

ドンブリを捧げ持つと、二つ並んだ黄身をそのままに口へと流し込む。

口の中で、濃厚な黄身の味とスープの味とが入り混じり、得も言われぬ満足感に包まれた。

ごくり。

自分でも不思議なくらい、安らかな気持ちだ。
その後も少し歓談して、店を出た頃には陽はもうとっぷりと沈んでいた。
虚空には、卵の黄身のような月が二つ、並んで浮かんでいる。

「そこでパトリツィアが言うわけだ。〝考える前に捕まえろ〟ってね」

今日のリュービクは上機嫌だ。

同じ話をしているのを、エーファはもう三回も聞いている。

いや、上機嫌なのはリュービクだけではなかった。

今日は〈四翼の獅子〉亭のパトリツィアとシモンの婚約の内祝いなのだ。

〈四翼の獅子〉亭の店員なのだからそちらでやればよいという気もするのだが、そこはそれ。

仕事に貪欲な〈四翼の獅子〉亭の店員たちに、他の店の料理を思う存分味わわせてやろうという
リュービクの粋な計らいなのだという。

「こっちはポテトサラダとアンカケユドーフを！」

「ダシマキタマゴをお願いします」

せっかくの機会だと料理人たちは色々な料理を矢継ぎ早に注文するし、給仕の店員たちは日頃の
憂さを晴らすように酒と肴を腹に詰め込む仕事に余念がない。

祝いの宴ということもあって、みんな幸せそうに舌鼓を打っている。

さすがに全員は入らないので交替制だが、普段のお客さんを断っているわけでもないから、いつもよりもとっても忙しい。

常連の中にもパトリツィアとシモンのことを知っている人は少なくない。

いつになったら二人はくっつくのかとやきもきしていた人もいたというから、皆、周りのことをよく見ているものだと感心する。

お客はみんな二人の婚約を喜んでいて、杯を干すのもいつもより速かった。

もちろん、いつも通りナポリタンを食べているゲーアノートのような客もいるが。

「シノブちゃん、こっちにトリアエズナマ！」

「はい！」

「リオンティーヌさん、こっちにはワカドリノカラアゲとハンスのアレを二人前！」

「はいよ！　それとアブラアゲお待ち！　って、これはどこのテーブルだ？」

会話も弾んで料理の注文が後を絶たないから、厨房も給仕もきりきり舞いだ。

こういうときこそ、自分がしっかりしないと。

小さな拳を握りしめ、エーファは密かに闘志を燃やす。

「エーファちゃん、この丼もお願いね」

「はい、任せて下さい！」

エーファにとって今の戦場は、洗い場だ。とにかく洗うものが多いから少しも休む間がない。

それでも、エーファは返ってきたドンブリを洗いながら、思わずふにゃりと笑ってしまう。

このドンブリは、双月ソバに使ったドンブリだ。

双月ソバというのは最近新しく居酒屋ノブの品書きに加わった料理で、麺の入ったスープに卵が二つ、並んで浮かんでいる。

実はこの料理の名付け親は、エーファなのだ。

元々ソバをお店に出すとき、浮かべる卵は一つきりだった。

タイショーやシノブの故郷では、これをツキミソバというらしい。

あちらの世界では、月が一つしかないと聞いたときにはエーファも驚いたものだった。

だが、ここは古都（アイテーリア）だ。

月が二つないというのは風情に欠ける。

そういうわけでエーファの発案によって卵は二つになり、名前も双月ソバとなった。

卵の白身が二つ分だと少し多いので、一つは黄身だけ。

ちょうど両方の満月に少し雲がかかったように見えて、美しい。

生の卵も「居酒屋ノブの出すものだから」と安心して食べる人が多かった。

「なんとなく縁起のいい料理だよなぁ」

肉屋のフランクがそう言いながら、見よう見まねでハシを使いながらソバを手繰（たぐ）る。

満月二つのソバは縁起がいいということで、少しずつ話題が広まっているそうだ。

発案者として、いや、発明者としてのエーファも、鼻が高い。

家では双月ソバの話を日に七回もして、アードルフとアンゲリカには呆れられてしまった。

ハンスの考えた料理にはまだまだ勝てないが、ひょっとするといつかは双月ソバが大人気料理になる日が来るかもしれない。

そうなると、いやいや、そんなことはないのだが、そうなると、ちょっと嬉しい。

「エーファちゃん、このジョッキもお願い！」

「はい、すぐ洗います！」

思わず考え事に没頭してしまった。

皿を洗いながら、店内をしっかりと観察する。

お酒を注文する人が多そうならジョッキや酒杯を、料理を注文する人が多そうなら料理皿を先に洗ってしまわなければならない。

これが、意外に大切なのだ。

自分で給仕をしていて気付いたことなのだが、お客さんの機嫌は一瞬で変わってしまう。

少し給仕が遅れる、少し味付けが濃い、逆に薄い。

料理や酒を運ぶ順番に拘りのある人もいる。

怒り出す人はいないが、できることなら気持ちよく飲み食いして欲しい。

それだけのことで食事を楽しんでもらえなくなるのは、とても悲しかった。

タイショーもシノブも、可能な限りお客さんに店での時間を楽しんでもらうことを考えている。

エーファもそのためにできることをするのだ。

自分にできることは、給仕をできるだけ完璧に近付けること。

ジョッキやお皿が足りないと、お客さんに完全な状態での給仕ができない。だからエーファは、洗う順番にも気を配るのだ。

そういう些細なことを、誰に教わるでもなく気を付けながら、エーファは働いている。

自分がお客なら、自分が給仕なら、どう動いて欲しいか。

この働き方に気付いてくれる人は誰もいないだろうが、それはエーファにとって、どうでもいいことだった。

居酒屋ノブの一員として働いている。任された洗い場をしっかりと守り、その結果として店に来てくれたお客さんたちが料理とお酒を楽しめるということが、大切なのだ。

ゆくゆくは双月ソバのようにエーファの考えた料理でもっとお客さんが喜んでくれれば……

そんなことを考えながら皿を洗っていると、タイショーがぽつりと呟いた。

「……しまったな」

「何か足りない？」

買い出しに行こっか、とシノブが尋ねる。

「あ、いや……」

タイショーが後ろ頭を掻いた。

「実は、蕎麦が余っちゃいそうなんだよ」

申し訳なさそうに詫びるタイショーの言葉が、エーファの胸に刺さった。

ソバをたくさん用意にするように頼んだのは、他ならぬエーファだからだ。

以前のタイショーはいい素材を見るとついつい仕入れ過ぎてしまう悪癖があった。改善しようとシノブとエーファで帳面を見るようになって、最近は鳴りを潜めている。

だというのに、よりにもよって、自分のせいで。

双月ソバは絶対に売れる。間違いない。

だってこんなに美味しいんですよ？

足りなくなってからソバを打つことはできないから、たくさん打ちましょう。

そうお願いしたのを思い出して、胃のあたりが冷たく重くなった。

客席を見ると、宴もたけなわ。

もうみんな存分に飲み食いをして、お腹がぽこりと膨らんでいる。

ここで更に汁物を食べてもらうというのは、難しそうだ。

「すまない、俺の責任だ」

「……食べます」

絞り出したエーファの声に、タイショーが、シノブが、ハンスが、リオンティーヌが振り向く。

「エーファちゃん、いくらなんでも無理だよ」

ハンスが慌てるのも、無理はない。

まだ茹でられていないソバは、結構な量がある。

今日打ったソバはアイゼンガルド商会を経由してグロッフェンという領地から仕入れたソバ粉を使ってタイショーとハンスが打ったものだ。

一人では食べきれそうにないが、責任はエーファにあった。

エーファが頼まなければ、タイショーもソバをこんなに打とうとしなかっただろう。

「はじめて使う蕎麦粉だったから、調合も試行錯誤だったし、俺が悪いんだよ」

そう言いながらも、タイショーの視線は打ったソバから離れない。

エーファはスカートの裾をぎゅっと握りしめた。

浮かれていた自分が、恥ずかしい。

双月ソバは確かに美味しい。けれどもお客さんはまだそれを知らないのだから、注文が殺到するはずがない。

少し考えれば分かることだ。

思わず涙がこぼれそうになるが、唇を噛み締めた。

「やっぱり、私が食べます」

きっぱりと宣言するエーファに、客席のお客たちもなんだなんだと首を伸ばして窺っている。

「ね、大将。あれなら作れるんじゃない？」

それまで腕を組んで考えていたシノブが、手を叩いた。

「あれ？」

「ほら、小田原の伊勢さんの」

おお、と合点した様子で、さっそくタイショーが動きはじめる。

何が起こっているのか分からず、エーファにはただ見守ることしかできなかった。

「ハンス、酢を取ってくれ」

はい、とハンスもきびきびと動く。

「タイショー、私も何か……」

「じゃあ、エーファちゃんは巻き簾(す)と海苔(のり)を用意して」

はい、と返事するよりも早く、身体が動いた。

いつもは皿洗いと給仕をしているが、何を指示されても大丈夫なように道具や材料の保管場所はちゃんと把握している。もちろん、マキスもノリもどこにあるかは分かっていた。

ソバを茹でるくつくつという音が耳に心地よい。

いったい、何を作るのだろうか。

シノブはウナギ弁当に使う弁当箱の用意をはじめている。

「今から作るのは、蕎麦寿司って言うの」

元々シノブやタイショーの故郷の料理ではないというが、以前お客さんに頼まれて作ったことがあるのだそうだ。

茹で上がったソバを笊(ざる)に上げ、スシ酢とメンツユで味を調えていく。

甘酸っぱい香りが鼻孔をくすぐった。

一本摘まんでタイショーとシノブが味を見る。

この段階ではどんな料理に仕上がるのか、エーファには全く想像がつかない。

マキスに広げた海苔の上にソバを広げ、細く切った具材を並べる。

それをくるりと巻いて、ぐっと押し固めたかと思うと、するするとマキスが解かれた。

「わぁ！」

包丁で輪切りにしていくと、同じ断面が現れる。

客席のリュービクは興味津々でタイショーの一挙手一投足を見つめている。

自分の知らない調理技術を少しも見逃すつもりはないようだ。

あれだけ余っていたソバが、瞬く間に違う料理へと生まれ変わっていく。

前に吟遊詩人のクローヴィンケルがタイショーの料理を「魔法だ」と評したことがあるが、今、エーファの目の前で起こっていることは、正に魔法としか言いようがない。

「はい、食べてみて」

マキスで巻いたソバズシの端っこを、タイショーがエーファに手渡す。

パクリ。

口の中でほろり、とソバが解ける。

ソバの香り、スシズの香り、メンツユの香り。

色々な香りがふわりとエーファの鼻を通り過ぎていく。

「美味しいです！」

「おい、それはオレたちも食べられるのか？」

身を乗り出して尋ねるリュービクに、シノブがにこりと微笑んだ。

「はい、こちらの蕎麦寿司は皆さんのお土産としてご用意しております」

おお、という歓声が客席から上がった。

若い従業員は屋根裏や寮に住まわせている〈四翼の獅子〉亭だが、世帯を持った従業員や年嵩の料理人は店の外に自分の家を持っている。

自分たちだけが居酒屋ノブでの宴でいい思いをして、家族に持って帰るものがないというのは少し後ろめたい者もいたらしい。

タイショーはそのまま流れるような手際で、ウスアゲを開いていく。

油抜きをしたウスアゲを見て、エーファもピンときた。イナリズシだ。

弁当箱に手際よくソバズシのノリマキとイナリズシが詰められていく。

もちろん、イナリズシはカミダナにお供えするのを忘れない。

そのままの流れで宴はお開きになり、〈四翼の獅子〉亭の面々が三々五々退店していく。

たっぷり飲んで食べて腹もくちくなったらしく、皆満足そうだ。

宴の後にお土産があるというのも珍しいので、そのことを話している。

リュービクは〈四翼の獅子〉亭でもお土産が出せないか考えているらしい。

酔客たちにお土産の弁当を手渡しながら、エーファはタイショーに礼を言った。

「本当に、ありがとうございます」

「え、なにかあったかい」

どうやらタイショーは、ソバが余ったことをエーファの責任として考えるつもりはないようだ。

「いえ、なんでもないです。でも、ありがとうございます」

変なエーファちゃん、とシノブがくすくす笑う。

冬だというのに、どうしてこんなに胸が温かいのだろうか。

「あ、そうだ」

リオンティーヌが紐で結んだ弁当箱を二つ、ひょいと運んでくる。

「これ、エーファの分。弟さんと妹さんに持って帰るんだろう？」

ああ。

さっきはせっかく我慢したのに。

涙を拭いながら、はい、とエーファは返事をした。

「どうしたの、エーファちゃん！　どこかぶつけた？」

シノブとタイショーが慌てる。

その様子がなんだかおかしくて、エーファは思いっきり笑った。

ふわふわと温かな雪が降りはじめている。

大人の条件

「あった！」

「ここにも！」

森の中にカミラとヘンリエッタの声が響く。

見渡す限りの白一色。

古都（アイテーリア）からほど近いブランターノの森は、晩冬の白雪に覆われている。街道からそれほど離れていない森の端でも、進むのにざくざくと足が沈み込む。

まだ誰も歩いていない新雪に足跡を付けるのが、カミラは好きだった。

カミラもヘンリエッタも後からついてきているイングリドも、足にはかんじき（スニーシュー）を履いているから、このくらいの雪なら難なく歩くことができる。

ざくざく。ざくざくざく。

探しているのは、薬の原料となる木の芽だ。

雪がなくなってから取りに来ればいいのに、と昔は思っていたのだが、イングリドに言ったら「どうして冬に来るのか考えてごらん」とだけ言われてしまった。

木の芽をめぐる争奪戦には、鹿という強力な競争相手がいることに気がついたのは、最近になってからだ。

何回も冬の森へ来るうちに、雪の中を歩くのも苦ではなくなった。

今ではむしろ、楽しんでさえいる。

ざくざく。ざくざくざく。

わざわざ新芽の生えていそうな木まで遠回りして、足跡で丸を描いたり四角を描いたりする。ヘンリエッタも真似をして、楽しんでいるらしい。

ヘンリエッタは、迷子の少女だ。

古都の肉屋の前でじっと立っているのを、徴税請負人のゲーアノートが保護した。

イングリドの薬店で預かることになった今も、素性はさっぱり分からない。本人も話したがらないし、イングリドも無理に聞き出そうというつもりはないようだ。

周りの大人はせめて手掛かりだけでも、と思っているようだが、イングリドは「何か無理をしたところで、冬に花が咲くもんかね」とにべもない。

それでも、何の変化もなかったというわけではなかった。

「カミラ！　見て！　葉っぱ！」

ヘンリエッタは、前よりもよく笑う。よく食べる。よく走る。そしてよくこける。

はじめは人形かと思うほどに黙っていたことを思うと、まるで別人のようだ。多分こちらが本当のヘンリエッタなのだろう、とカミラは思っている。

夜に魘(うな)されるのがなくなればもっといいのだけど。

春の森も夏の森も秋の森も好きだが、カミラは冬の森も好きだ。

雪が音を吸い込んで、しんとした静けさが森を包み込んでいる。

どこかで、雪鴉が鳴いた。

冬の森は何故、静かなのか。まだ幼かったカミラはイングリドに聞いたことがある。

昔々、南からやってきた吟遊詩人が雪の妖精に恋をした。

数多の恋歌を歌った吟遊詩人だったが、自分が恋をするのははじめてのこと。雪の妖精の手練手管に翻弄され、持っているものの全てを差し出した。

銀細工の頭冠も、魔除けの護符も、ついには竪琴さえも。

譲り渡すもののなくなった吟遊詩人はそれでも妖精のことが諦めきれずに、この世の音の半分を与えてしまう。吟遊詩人はただの人間ではなく、音の女神の長子だったのだ。

驚いたのは雪の妖精だった。

どれほどの財を積まれても意に染まぬ相手と恋仲になることはできない。それでも、一度与えられたものは妖精の掟で返すことが禁じられている。

以来、雪が降ると世界の音の半分は妖精のものとなり、静寂に包まれるようになった。

失意の吟遊詩人は南に帰ったとも、そのまま森の中を彷徨っているともいう。

そんな莫迦な恋をする人がいるものだろうか、と話を聞いたカミラは思ったものだ。

これはあくまでも昔話だから、本当にこんな人間がいるわけではないと分かっていても、滑稽だなと思ってしまう。

「カミラ、そっちは大丈夫かい？」

薬草園の方から、イングリドの声が聞こえた。

「はーい」

返事をしながら、ヘンリエッタと腰に吊るした合財袋の中身を見せ合う。木の芽の量はこれだけあれば十分だ。

「さて、そろそろ行こうか」

薬草園の様子を見に行っていたイングリドが合流する。森の一角を柵で囲って、小さな畑のようにしているのだ。今の時期はまだ何も芽吹いていないが、土の下には薬草の球根や根茎、種が植わっている。

冬の間に鹿や猪に食い荒らされないようにいろいろと呪(まじな)いを施してあるが、そんなものは気休めに過ぎない。だからこうして、定期的に見回りに来る必要がある。

「畑は？」

「ああ、敷き藁の下の雪割芽(はるまちめ)がもう萌えそうだったよ」

春待芽の名前を聞いて、カミラの口の中にほろ苦い味が広がった。居酒屋ノブでテンプラにして食べると、滅法美味しいのだ。

荷物を載せた橇(そり)をカミラとヘンリエッタの二人で引く。

目指すのは、ブランターノ男爵の狩り小屋だ。

今日はそこで一泊する。

無理をすれば陽のあるうちに古都まで帰れないこともないのだが、まだ幼いヘンリエッタもいることだから、大事を取ることにしたのだ。

狩り小屋は貴族たちを迎えて接待にも使う立派なもので、〈馬丁宿〉通りにあるイングリドの薬屋よりよほどしっかりしている。イングリドは男爵から合鍵を預かっていて、冬の間は自由に使うことを許されていた。

一度、男爵夫人の疝痛(せんつう)を治したことから、全幅の信頼を寄せられているらしい。

高床になっている小屋に入ると、柔らかな木の香りがする。

使用者が記名する宿帳を捲ったイングリドがへぇ、と声を上げた。

「なんだ。妙に綺麗だと思ったら、昨日クローヴィンケルの爺様が泊まってたのかい」

クローヴィンケルといえば、ノブの常連の一人だ。

少し前に東へと旅に出たという噂をカミラも聞いていたが、この辺りへ戻ってきたのだろう。

「あの爺様が綺麗好きで助かったよ。さ、はやく火を熾(おこ)して温まろう」

片付けをする手間が省けた、とイングリドが笑った。火を熾すのは、カミラの仕事だ。ヘンリエッタにはまだ、任せられない。

ヘンリエッタは、妹のようなものだ。

エーファという親友がいて、ヘンリエッタがいる。

森の中でイングリドと二人きりで暮らしていたときとは、生活そのものが違うのだ。

そうだ、ヘンリエッタに火の付け方を教えてあげよう。

これで結構、コツが要るのだ。

顔を上げ、目があったとき、ヘンリエッタがぽつりと呟いた。

「私のお父さん（ファッティ）、悪い人なの」

暖炉の準備をするカミラの隣で、ヘンリエッタがぽつりとそう漏らした。

意外な言葉に、思わず燧石（ひうちいし）を取り落とす。

ヘンリエッタがイングリドの薬店へやってきてから少し経つが、彼女が自分の家のことを口にしたのははじめてだ。

顔を上げ、カミラはヘンリエッタの愛らしい顔をまじまじと見つめる。

しかし、何と答えていいのか、言葉が思いつかない。

悪い人、というのはどういうことなのだろうか。泥棒に追剥ぎ、野盗、山賊に盗賊騎士、河賊、詐欺師、人攫いや偽の鋳掛屋……思い付く悪い人には色々あるが、父親が悪い人というのはどういうことだろう。

カミラは助けを求めるようにイングリドの方を見る。

橇からの荷物を運んできたイングリドは、ヘンリエッタの顔をじっと見た。

元聖職者らしい、真っすぐな瞳でひとしきり見つめてからから、掌を打ち合わせる。

「難しい話は、食事の後。寒くてひもじいときには碌なことを考えないからね」

そうと決まれば食事の支度だ。イングリドの指示で、暖炉に鍋を置く。

今日の食事は予め居酒屋ノブで準備してもらったものだ。

鍋の底にコンブという海藻を敷き、きのこを入れた湯を沸かしていく。

調理の間、誰も、ひとことも口を利かない。

まるで雪の妖精が全ての音を奪ってしまったかのようだ。

イングリドが無言で鍋から湯を取り、大きめの乳鉢でサケカスと混ぜていく。

甘い香りがふんわりとカミラの鼻腔をくすぐった。野菜や魚はハンスが切ったものを用意してくれていたので、カミラとヘンリエッタは鍋の煮えるのをじっと見るしかすることがない。

以前なら、冬の木の芽摘みはカミラにとって退屈そのものの作業だった。

寒いし、独りぼっちで木の芽を摘まないといけないし、夜に食べるのも焼きしめたパン(ブロート)とチーズ(ケーセ)くらいのものだ。

それが今年は、ちゃんとした小屋に泊まって、こんな風に料理もして、何よりもヘンリエッタがいる。いいこと尽くめだと思っていた。それなのに。

煮立つ前に、コンブを取り出した。あまり長く入れておくと、味が悪くなるのだという。

小屋の中にはパチリ、パチリと暖炉の火の爆ぜる音だけしかない。

楽しかるべき夕餉(ゆうげ)の支度が沈黙に包まれていることは残念だ。

でも、ヘンリエッタが自分のことを話そうと思ってくれたのが、カミラには少し嬉しかった。

同じ屋根の下で眠っていても、それだけで家族だというわけではない。

遠く離れた家族もいれば、近くにいても家族になれない者もいる。

打ち明けようと思ってくれたから、それでヘンリエッタが家族になったということでもない。

心の距離が縮まったと感じられて、嬉しいのだ。

でも。

今からヘンリエッタが話そうとしているのは、きっと大変なことだ。

どうして彼女は一人で古都にいるのか。

父親が悪人とはどういうことなのか。

これまで黙っていたのは何故なのか。

そして、ヘンリエッタは家に帰るのか。

できればヘンリエッタがこれからも一緒に暮らしてくれたらいいな、とカミラは思う。

それが贅沢なことだというのも、分かっていた。

イングリドは薬師としては成功している方だが、子どもを一人養うのと二人養うのでは、家計への負担も随分違うはずだ。

色々な想いが、カミラの胸の中で渦巻く。

まるで、乳鉢の中のサケカスのようだ。

具材を煮込み、乳鉢で溶いたサケカスとミソを加えていく。

切り身の魚はサケというから、サケカスと関係があるんだろうな、とカミラは勝手に見当を付けていた。

世の中、知らないことばかりだ。

薬の作り方も、いつになったら大人になるのかも、何をあげればエーファが喜ぶのかも、そして、ヘンリエッタが何処から来たのかも。

自分は何も知らない。大人になれば、全部分かるようになるのだろうか。

「さ、煮えたよ」

鍋の中が沸騰する前に火から下ろし、器に取り分ける。

三人とも無言で、匙を口へ運んだ。

……温かい。

カスジル、というこのスープ(ズッペ)を食べるのははじめてだが、とても温かい。

スープというよりも、シチュー(アイントプフ)と言った方がいいかもしれない。

身体だけでなく、心も温かくなる。ほろほろと崩れるサケの身の塩気も、疲れた身体に沁みていくようだ。

三人とも無言で食べ、三人とも無言で啜り、三人とも無言でおかわりする。

雪の精霊のせいか、とても静かだ。けれども、暖かな静かさだった。

ひと匙食べるごとに、身体の芯から温もっていく。

幸せな温かさだ。

見ると、ヘンリエッタが食べながら泣いていた。

大粒の涙が、ぽろぽろと零れる。

カミラがそっと背中を撫でてやると、しゃくりあげ、堰を切ったように話しはじめた。

泣きながらなので、話の中身は半分も分からない。

ヘンリエッタの父親が悪人であること。彼女は父親を止めるために古都に来たこと。コウテイにジキソする手紙を出すために肉屋に行ったけれども、手紙の書き方が分からなかったということ。

そして、父親が〈鼠の騎士〉と呼ばれる人物であるということ。

分かったのは、それくらいだ。

幼いヘンリエッタは、どんな想いで今日まで一緒に暮らしてきたのだろう。

どんな想いで、このことを打ち明ける気になったのだろう。

ヘンリエッタが話し終えると、イングリドが曲げた人差し指で彼女の涙を拭ってやった。

「ヘンリエッタ、何も心配することはないよ」

「……何も？」

泣き腫らした目で、ヘンリエッタがイングリドを見つめる。

「そうさ。いつだって、子どもの身の丈に余る悩みは、大人がなんとかするものなんだから」

【閑話】二組の新婚

北からの雲が、低く垂れこめている。

雪雲の底は常よりも灰色に濁っていた。

確かめるように広げたアルヌの掌に一かけら、粉雪の尖兵が舞い降りる。

冷たい結晶が溶け終わる前に、オーサの手が重ねられた。

サクヌッセンブルク侯爵家の屋敷前には、アルヌとオーサ、それに家中の主立った者が整然と並んでいる。

湯治に出ている父と、旅に出ている弟以外は、手を離せない者を除き全てが勢揃いしていた。

緊張の面持ちは、まるで合戦の支度のようだ。

出迎える相手を考えれば、それくらいの気構えは必要かもしれない。

古都(アイテーリア)にほど近い丘陵に拠って建てられた屋敷は、邸宅というよりも城塞という風格を備えた古式ゆかしい造りで聳(そび)えている。

かつて古都がまだ帝都であった頃、よちよち歩きの帝室の強力な庇護者として北方に睨みを利かせたサクヌッセンブルク侯爵家の本拠地がこの屋敷だ。

城壁と多くの塔を備え、濠（ほり）を巡らせた戦闘用の城塞に代々の侯爵は少しずつ手を加えながら暮らしてきた。

「本降りになる前に、お着きになればよいが」

侯爵たるアルヌが来着を待っているのは、帝国皇帝コンラート五世その人だ。

急な使いがあり、行幸と侯爵領での逗留（とうりゅう）が伝えられた。

異例、と言っていい。

そもそも、冬の行幸が珍しかった。

古帝国時代から営々（えいえい）と築き上げられた帝国街道も、この季節になると北方では冬の雪に埋もれてしまう。

自然、皇帝のみならず、やんごとなき方々の足は寒さの訪れと共に鈍り、暖かい帝都の座から動く機会は少なくなるのが例年のことだった。

権謀術策に忙しい帝都の貴族たちはともかくとして、帝国貴族の多くは冬の季節を暖炉の前で過ごすのが常なのだ。皇帝来駕（らいが）の準備を冬にした記録など、少なくともここ三代の侯爵の日記には残っていない。

何か、厄介なことでも出来（しゅったい）したのだろうか。

平静を装いつつも、アルヌの内心は穏やかではない。

古都を通じて北の海へ流れる大河の周辺に領地をもつ諸侯たちに、帝都から勅使が飛ぶという噂もあった。使いの持つ親書の内容までは、分からない。

近頃皇妃を迎えたコンラート五世の変化に、帝都に跋扈する貴族たちは〈焚火の生木が爆ぜた〉ような大騒ぎだというが、無理からぬことだ。

温厚で、悪く言えば少し慎重すぎるきらいがあった皇帝の豹変は、帝国貴族としては喜ばしくもあり、また帝国等族会議に連なる者としては、些かの不安もあった。

持ち前の気配りは忘れていない。ただ、成婚後は従前と較べると動きが格段に早くなった。

それ故に、周囲の貴族は皇帝の次に打つ手が読みにくい。

今回の来訪も、帝国の北方に何らかの働きかけをする前準備とみることもできる。

先帝がまとめた北方三領邦に絡んだことなのか、それとも他のことなのか。皇帝と皇妃の心の内はアルブルクの森に降り積む雪よりも深く、見通しがきかない。

そうでなくても、北の動きにはアルヌも注視している。

評判のよくない〈鼠の騎士〉が動き回っているというし、運河の問題もあった。

アルヌの掌を握るオーサの指に、力が籠められる。励ましてくれているのだ。

心が読めるわけでもあるまいが、先だって娶ったばかりのオーサは、実によくアルヌの心の機微を読んでくれる。

アルヌもまた、オーサの心を慮れるように心を砕いていた。

「おいでになりました」

オーサの指が、解かれる。

感触の余韻を愉しむ間もなく、四頭立ての馬車の姿が遠くに見えはじめた。

「供回りの方々が少ないですね」

オーサと反対側に控える司厨長のイーサクの耳打ちに、アルヌはあるかなきかの頷きを返す。

本来、諸侯の屋敷に逗留するとなればもっと大所帯になるはずだ。

皇帝の移動に付き従う旗本衆は、護衛だけでなく諸侯への威圧の意味もある。

お忍びで各都市へ向かうときであればともかく、今回の行幸は異例づくめのようだ。

馬車が目の前に止まり、扉が開く。

「ようこそ、サクヌッセンブルク領へ」

アルヌをはじめ、家中の人間すべてが恭(うやうや)しく礼をすると、車上から声が掛けられた。

「急な訪問にも拘わらず、これほどの出迎え、痛み入る。どうか頭を上げて欲しい」

顔を上げると、コンラートが皇妃セレスティーヌの手を親しくとって降りてくるところだ。

年の差こそあれ、お似合いの夫婦だった。

アルヌとオーサより少し前に結婚したとはいえ、まだまだ新婚といってよい二人だ。

政略結婚の多いこのご時世、好き合って結婚したという意味では、アルヌたちと似たような立場なのかもしれない。


屋敷に迎え入れ、雪を払ってからすぐに食堂へ案内する。

「温かい白湯が沁みいるな」

まず温い白湯(さゆ)を大きな碗で、一杯。

次に少し熱い白湯を中くらいの碗で、一杯。

最後に熱い白湯を小さな碗で、一杯。

都合三杯の白湯を供すると、コンラートとセレスティーヌはやっと一息ついたようだ。

古くから北方に伝わる、寒い季節の歓迎の作法だった。

火鉢の炭に火を熾し、部屋もしっかりと暖めてある。温かい手拭いを渡したのは、居酒屋ノブを見習っての工夫だ。

「急な訪問、申し訳なかった」

「いえ、いつでもお越し下さいませ」

慇懃に応じるアルヌを、コンラートが手で制する。

「そう改まらないで欲しい。今回の訪問は、その、なんだ……」

言いにくそうに、コンラートが人差し指で頬を掻いた。

「お二人の、新婚祝いなんですよ」

くすり、と笑ってセレスティーヌが言葉を継ぐ。

「新婚」

「祝いですか」

アルヌもオーサも、驚きを隠せない。

結婚式は近隣諸侯の来駕を賜り恙なく終わらせたが、まさか皇帝夫妻が私的に祝いに来てくれるとは思いもよらなかったのだ。

そのためだけに、冬の帝国北方まで足を運ぶものだろうか。

訪問の真意は那辺(なへん)にあるのかを探ろうとしたところで扉が開き、柔らかな香りが漂ってきた。

イーサクが歓迎の料理を運んできたのだ。

「ほう、これは」

コンラートの漏らした讃嘆(さんたん)の声に、アルヌの口元が思わず緩む。

品書きは、イーサクだけでなく、アルヌとオーサも額を寄せ合って決めた。

塩漬け鶏の燻製肉と馬鈴薯(カルトッフェル)、それに葉野菜を加えたサラダ(ザラート)。

ムール貝の麦酒(エール)蒸し。

鰊のバター焼き。

レバーパテとキュウリ(グルケ)をパン(ブロート)に載せたスモーブローもある。

主菜はワナナキドリの骨と内臓を抜いてテリーヌを詰め、丸焼きにしたものだ。

オーサの故郷で御馳走として食べられるものを中心にしている。

葉野菜やキュウリは城の温室を使って育てた品だ。

イーサクがノブで分けてもらったミソを使った、ギュウスジのドテヤキもテーブルに多様性を添えていた。

急な行幸だったが、できる限りのもてなしがしたいという思いで用意した食事だ。

居酒屋ノブや〈四翼の獅子〉亭に協力を頼もうかと思ったが、できる限り自分たちでやりたいというイーサクとその部下たちの意思を尊重した宴席だった。

運河が開通すれば、サクヌッセンブルク領へ貴賓が訪れることも増えるだろう。

これまでも来客はあったが、より優れた歓待ができるように、練習の意味合いもある。

もっとも、練習というには相手が皇帝陛下その人だという問題があったが、この様子を見る限りでは喜んでくれているようだ。

皇帝夫妻もちょうど空腹だったのだろう。

運ばれてきたものから、どんどん手を付ける。

本来であれば毒味だなんだと煩いところだが、そこはアルヌが先に口をつけることで省略した。

それよりも、冷めてしまう前に食べることが肝要だ。

オーサの故郷の料理は、冬の無聊を慰めるために、味が濃い。

バター(ブッター)をたっぷり使った濃厚な味わいは、雪の日に暖炉を囲んで食べるのに、実に適している。

コンラートはレバーペーストの載ったパンが気に入ったようで、育ちのよさからくる慎ましさと空腹とを秤(はかり)にかけ、最終的に皇帝の特権を行使してイーサクにお代わりを申し出た。

世界の料理の中心と自負してやまない東王国(オイリア)から嫁いできたばかりのセレスティーヌがどのような反応をするのかはオーサもイーサクも気にかけていたが、その心配もどこ吹く風。

きらきらとした目で愉しみ、形のよい鼻で愉しみ、千の美食を味わってきたであろう舌で愉しみと、十全に満喫しているようだ。

接待役であるアルヌが主菜であるワナナキドリの肉を切り分ける。

いい焼き加減だ。皮はパリッとしつつも、じわりと肉汁が溢れる。

中に詰めたテリーヌもよい具合に火が通っていて、鼻腔を芳醇な香りがくすぐった。

「この鳥は、アルヌさんが？」

セレスティーヌの興味は、料理そのものよりもワナナキドリに向けられたようだ。

知性的な目を好奇心に輝かせながら、鳥とアルヌを見比べる。

「いえ、実は……」

アルヌの横で小さく手を挙げたのは、オーサだ。

冬の森に狩りに出て、ワナナキドリや鹿を見事に仕留めてきた。

オーサの故郷、北の島では、女性も弓を持つ。

まぁ、と口を押さえ、セレスティーヌが驚く。コンラートも、驚きを隠せないようだ。

「女だてらに、弓箭の技芸など。山出しの娘で、お恥ずかしい」

こちらに来てから、常識の違いについてはオーサも学んでいる。

恥ずかしい、という感覚も芽生えはじめたようだ。

だが、アルヌはオーサにしたいようにさせている。

あるがままのオーサを娶ったのだ。こちらの常識に染めたいのではない。

何か謂(いわ)れのない批難を受けたときは、夫としてアルヌが矢面に立つ覚悟だ。

しかし、返ってきた反応は予想と異なるものだった。

その言葉を聞いたセレスティーヌが立ち上がり、恥じ入るオーサの手をしっかりと握る。

「とんでもない！　とても素敵なことだと思います！」

突然手を握られて、オーサがきょとんとした表情を浮かべた。

「私、オーサさんともっと色々お話してみたいです！」

セレスティーヌの宣言で、急遽、席が改められる。

オーサとセレスティーヌは隣り合った席に。アルヌとコンラートは向かい合ったままで。

「お二人が意気投合したようで、安心しました」

うん、とコンラートが葡萄酒（ヴァイン）に口をつけた。

酒に弱いアルヌはエルダーコーディアルを混ぜた酒を、湯で割って相伴（しょうばん）に与る（あずか）。

コンラートのその表情は、心の底から安堵しているように見えた。

奥方であるセレスティーヌを、心の底から気遣っている。アルヌには、そう見えた。

夫二人の心配をよそに、若い二人の妻たちは楽しそうに会話を弾ませている。

共に外つ国から嫁いで来た身の上だ。彼女たちにしか分からない、女同士の積もる話もあるのだろう。

「それにしても、急な訪問、すまないね」

「いえ、いつでもお越し下さい。諸侯は、帝室の藩屏ですから」

うん、とコンラートが小さく頷いた。

表情は、読みづらい。真意を悟らせないように幼少の砌から訓練を積んできた者だけが浮かべることのできる、曖昧な表情だ。

けれども、その仮面の合間からは、アルヌに向けた隠し切れない好意のようなものが、僅かに顔を覗かせている。

あるいは、そう見えるような演技すらも、帝王学の教育には含まれているのだろうか。

「私は」

コンラートの言葉に、アルヌは気付かれないように居住まいを改めた。

余は、ではなく、私は、という私的な匂いを感じさせる語調に、驚いたのだ。

「私は、スネッフェルスの家を、帝室の真の友だと思っている」

「ありがたきお言葉です」

これは、真意の汲み取りにくい言葉だった。

単純に聞けば、帝国諸侯の一つであるサクヌッセンブルク侯爵家としてではなく、帝室の最古の同盟者であるスネッフェルス家に対する好意を伝えている。

そのままに聞けないのは、続く言葉があるはずだからだ。

コンラート五世という政治的怪物は、自分より若年の侯爵に、敢えて心情的な距離を詰め、甘えて見せている。

呼吸を整え、アルヌは衝撃に備えた。

時間がゆっくりと流れる。

「実は、運河の件について、少し話をしたいのだ」

アルヌの喉から、唸りが漏れそうになった。

運河の浚渫。

それは今のサクヌッセンブルク侯爵家にとっての一番の重大事であり、帝国北方にとって最大の懸案の一つだろう。

皇帝の行幸の目的が運河についての話ではないと自分が思い込もうとしていたことに、アルヌは漸く気が付いた。

だが、帝国は、いや、コンラートとセレスティーヌの二人は、この一件にどのように介入するつもりなのだろうか。

後押しするにせよ、妨害するにせよ、あるいはまったく別の提案をするにせよ、帝室の打てる手は限られている。

今、運河の浚渫が抱えている問題は単純だ。

大河の周辺の貴族が河賊まで使って反対をしていること。

浚渫には思ったよりも大きな金額がかかること。

工事に時間が掛かりそうなこと。

大別するとこの三つとなる。

三番目の問題については神か精霊でもなければどうにもできないが、残り二つについてはどうだろうか。

皇帝は、運河をどうするつもりで、どんな手を打ってくるのか。

金の問題についてが一番ありえそうな話だ。

運河の浚渫に帝室が出資することで開通後の利益を確保し、北方への影響力も誇示する。

悪くない手だ。

反対に、貴族の問題に手を入れてくるのなら、運河を潰したいときだろう。

帝室は運河の浚渫に対して重大な懸念を抱いているという〈噂〉でも流れてしまえば、反対派は勢いづき、日和見をしている中立派も旗幟(きし)を明らかにするはずだ。

アルヌは、掌に汗をかいていることに気付いた。

こんなとき、オーサが手を握ってくれれば。そんなことを考えている自分に、驚く。

結婚するまでは一人でやってきたのだ。

まさか結婚した途端、自分がこんなにも誰かを頼りにするようになるとは思わなかった。

「ああ、それほど固くなる必要はないよ」

砕けた表現で、皇帝は侯爵に笑みを向ける。

チェス(シャッハ)でこれまで練りに練った致命的な一撃を繰り出すときのような笑みだ。

奇襲が来る。

そう分かっても、こちらにはそれを受ける術がない。

「……スネッフェルスの家にも、〈金印勅書(ちょくしょ)〉は伝わっているね？」

妻たちの笑い声が、妙に遠くに聞こえる。

なるほど、温厚に見えて、皇帝とはやはり皇帝なのだ。

〈鷹の爪持つ三頭の竜〉の一撃は、〈北方の大鯨(たいげい)〉の予想だにしていないものだった。

勅書には様々なものがあるが、コンラートの口にした〈金印勅書〉は皇帝と諸侯の契約に関して発給された一連の勅書のことだ。

帝国をまとめる上で、皇帝特権をはじめ様々な権限についての取り決めがある。

帝位継承のことや、貴族に出兵を命じる陪臣召集のこと。

街道の維持に関するものや、森林の管理に関するもの。

帝国直轄都市の様々な権限に関するものもある。

諸侯や都市と交わしたものだけでなく、中にはギルドや個人に下されたものもあるという。

勅書は単体でも重要だが、現在の帝国や各領邦で施行されている法律の法源となっているものも多く、現実に拘束力を持っているものとして扱われていた。

全ての条文を諳んじているわけではないが、中には河川に関するものもあったはずだ。

アルヌの背中を、嫌な汗が伝った。

つまり、帝室はやろうと思えばいつでも運河に法的な介入が可能だという宣言なのだ。

何と答えるべきか。

先ほどの「帝室の真の友」という言葉も踏まえて、考えねばならない。

迂闊な答えはできなかった。

本来なら運河の開削という事業は帝室も巻き込んで進めるべき話だったのだ。

先走った、という誹りを受けるならば、甘んじて受けねばならない。

そのとき、逡巡する若き侯爵の肩越しに、そっと誰かがコンラートに声を掛けた。

「陛下、あまりうちの夫を虐めないでくださいね」

オーサだ。

零れ落ちた〈銀色の虹〉の髪が蝋燭の灯を反射して、煌めいている。

「いや、虐めるなどと」

コンラートの苦笑に僅かばかりの緊張が混じっているのは、オーサの声音の故だ。

北方の民、死をも恐れぬ獰猛な狂戦士の血と伝統が、オーサの口を突いて喋っているようにも聞こえる、低く、力を持った言の葉。

帝室はスネッフェルスの祖先を同盟者としたが、それはただ気が合ったということではなく、万軍をしても制することができないと考えたからという説がある。

倒せないなら味方にしようとかつての皇帝が考えた北方の荒々しい血を色濃く伝える戦姫の気魄には、アルヌでさえ畏怖を覚えざるを得ない何かを含んでいた。

「夫を守ろうとする妻、新婚なのに仲睦まじいことですね、貴方」

助け舟を入れてくれたのは、セレスティーヌだ。

微笑みと共にコンラートの肩に手を掛け、会話の流れを変える。

なるほど、あちらも息の合ったよい夫婦だ。

「皆様、お待たせいたしました」

ちょうどそのとき、イーサクが外から新雪の入った硝子の鉢を持ち帰ってきた。

「帝国のものは雪とても皇帝陛下のもの。ぜひ、ご賞味ください」

まだ若く甘さの残る蜂蜜酒（ミード）を雪に掛け、即席の氷菓にする。

「まぁ、素敵！」

セレスティーヌの表情が年相応の乙女の貌になった。

コンラートもそれを見て表情が和（やわ）らぐ。

銀の匙で氷菓を愉しみながら、四人の会話は和気藹々（わきあいあい）としたものになった。

運河の話は、また追々。

皇帝の目配せに、アルヌは重々しく頷く。

いずれにしても皇帝の逗留は暫く続くのだ。話す機会はいくらでもある。

それにきっと、悪い話ばかりではないに違いない。

会食のはじまる前とは何もかもが変わったが、はじまる前と何も変わらぬように、四人は笑い、冗句を交えて微笑みを交わす。

あとはただ、二組の新婚夫婦が互いの婚姻を寿(ことほ)ぐ小宴が、いつまでも続いたのだった。

ホルストと面談

鰯(サーディース)のツミレ汁を啜りながら、ホルストは改めて隣の客を見た。

片眼鏡を掛けて真面目くさった顔をした男。

名を、ゲーアノートという。

市参事会から徴税を請け負っている男と、日雇い労働者に過ぎない自分が酒を酌(く)み交わすのは、どうにも妙だ。

一般的に、ホルストのような日雇い労働者は徴税請負人のことが好きではない。

理由は説明するまでもないが、税金なんて真面目に払ったら食べていけないからだ。

但し、ほとんどの日雇い労働者は税金を払っていない。

払わなくていいのではなく、単純に徴税請負人に認識されていないからだ。

家を借りて住所が定まれば請負人に訪問されることはあるが、宿から宿の日雇い労働者を追いかけてくるほどの労力を払われることはない。

もっとも、徴税請負人から目を付けられるほど稼いでいる日雇い労働者はほとんどいないから、当然と言えば当然だろう。

だが、今日のホルストとゲーアノートは、税を毟られる者と毟る者の関係ではなかった。

カウンターの隣の席に座り、二人してオトーシのツミレ汁を啜る。

ズズ……

ズズズ……

生姜（インガー）の効いた団子（クネーデル）が、外仕事で冷えた身体に堪らない。

小ぶりな椀に、団子が二個。

これだけで、ほっと一息つける。

ちょうど足りるか足りないかという量で、思わず追加を頼みたくなってしまう味だ。

「他に何か、仕事上の不都合は？」

ゲーアノートが声をかけてきたのは、日雇い労働者の業務上の不満を聞き取るためだ。

徴税請負人としてではなく、市参事会の一員としてのことらしい。

誰に聞くかを考えていたところ、ちょうどいい具合にホルストが捕まった。

酒を奢って貰えるなら、ということで取材に応じたのだ。

食事のこと、寝泊まりするところのこと、作業用の道具のこと、その外のこと。

はじめこそ尋問のようだと思ったが、聞いてくれるだけでもありがたい。

たまたま居酒屋の隣の席になったから尋ねている、というわけではなく、調査のために何人もの日雇い労働者に声を掛けている、とゲーアノートは言った。

「気になるのはそんなところですかね。まぁ、思ったよりも金払いはいいですよ」

ツミレ汁で温まった腹にラガーを流し込みながら、相槌を打つ。

市参事会の態度に、ホルストはちょっと感心していた。

今日の支払いは、全部ゲーアノートが持ってくれるという。

徴税請負人というだけで警戒していたのを少し申し訳ない気分になってしまった。

どうやらこの古都(アイテーリア)の人々は、流れ者の労働者たちが餓えたり夜露に濡れたりしないかと、心配しているようなのだ。

それも、本気で。

元傭兵のホルストは、悲惨な労働条件で働くことに慣れている。

不味い食事、劣悪な寝床、いつも遅れがちで少ない給金。

そんな傭兵生活と比べれば、ここでの暮らしは双月と島鯨だ。

古都も地上の楽園というわけではないから毎日宴会でもてなしてくれるということはないが、少なくとも人間として日雇い労働者を扱おうという意気は感じられる。

その一端が、この聞き取りだ。

傭兵時代なら文句があれば暴れて言うことを聞かせるしかなかった。

あ、そうか、とホルストは気付く。暴れられては困るから、ということもあるのだ。

確かにホルストのような元傭兵も多いから、血の気の多い人間が不満を持つのは避けたいという想いはあるだろう。

街の中に流れ者が多く住んでいるという状況では、いろいろ考える必要があるに違いない。

「はじめる前からある程度は予測していたが、取り掛かって改めて分かったのは運河の浚渫というのは相当の大工事でね」

パリパリキャベツ、という肴を食べながらのゲーアノートの話は面白い。

「運河を通すというだけならなんとかなる。しかし、工事の全ての工程を完了させるまでには何年もかかることになるはずだ」

葦(あし)の生い茂る沼沢地を浚渫して、運河を通す。

船が通る航路をなんとか開削するだけなら、来年にもどうにかなるだろう。

だが、複数の大商会も絡んで、話は際限なく大きくなっているようだ。

大工のギルドや石工ギルド、木工ギルドは仕事の規模が大き過ぎて、連日市参事会議長の部屋へ通い詰めだという。

実際に工事に携わっているホルストにしても、にわかには信じられない規模の工事だ。

周りから土砂が流れ込まないように護岸もしなければならないし、小舟を曳くための土手も整備しなければならない。船着き場も拡張する必要があるだろうし、運河を通せば街そのものを拡げることもあるだろうという意見も聞いたことがある。

冬の間は工事の手が止まることを考えれば、いずれにしても完成には何年もかかるだろう。

「つまり、労働者は流れ者として扱うよりも、古都の一市民として扱うべきだろうというのが私や市参事会の一部の考え方、というわけだ」

「それはありがたいですね」

故郷のヴァイスシュタットを出たのは食うためだが、生涯を根無し草で過ごすのはつらい。腰を落ち着けて生活することのできる街があればありがたいし、それが古都のような大きな街であれば言うことなしだ。

ホルストだけでなく、そういう人間は多い。

流れ者になりたくて流れ者になる人間は、それほど多くないものだ。

畑を継げない農民の次男坊や三男坊、ホルストのような元傭兵、住んでいた村を追われた罪人や貴族の庶子に聖職者の隠し子など、日雇い労働者の出自は多種多様。

共通しているのは、「帰れ」と言われても帰る故郷などないということくらいのものだ。

故郷にいられなくなったとしても、どこかに終の棲家を得たいと思うのは多くの人間にとって、自然な感情だろう。

ホルストにしたところで、故郷のヴァイスシュタットには帰りにくい。

精霊信仰の色濃く残る、と言えば聞こえはいいが、要するに恐ろしく辺鄙な田舎だ。

領主が代替わりして子供みたいな貴族夫婦が治める領地の、端の端。

食い扶持を稼げる仕事もなさそうだと飛び出したホルストにとって、古都はなかなかに過ごしやすい場所だ。

叶うならばここの市民になりたいし、所帯を持って長く住みたい。

ゲーアノートの言葉からすると、少なくともホルストたちをすぐに追い出したいという風ではないのはありがたかった。

「そういうわけで、不満があれば聞かせてもらいたい、というわけだ」

不満だけでなく、言いたいことは何でも聞かせて欲しいと言いながら片眼鏡を上げる。

ここまで言われるとホルストとしても嬉しくなった。

どうせなら、逆にこちらから聞いてみようという気も湧いてくる。

工事に携わる者として、懸案がないでもない。

「そう言えば市参事会は、工事の妨害についてはどう思っているんですか？」

揚げたてのワカドリノカラアゲを齧りながら、逆に尋ねる。

もちろん、これもゲーアノートの奢りだ。

この店のワカドリノカラアゲは、美味い。

特にラガーとの相性が、最高なのだ。

古都の酒場には同じような料理を出すところは何軒もある。

どこの店がはじめたのかホルストには分からないが、各々が揚げ方や味付けに創意工夫を凝らしていて、なかなか面白い。

気になって食べ比べてみた限りでは、居酒屋ノブのカラアゲがホルストの口に一番合った。

「妨害か」

ううむ、とゲーアノートは唸った。

工事の妨害は、今の古都で運河に関わる人間にとって頭の痛い問題だ。

誰かが、妨害を煽動(せんどう)している。

「仲間の中にも、酒を奢られて妨害を持ち掛けられた奴がいるんですよ」

もちろんホルストの仲間は断ったが、提示された報酬はそれなりだったというし、受けてしまう労働者もいるだろう。

誰もが清く正しく生きていけるほど、帝国の冬は暖かくはない。

「妨害するように声をかけて回っている人間も雇われでね。市参事会も衛兵隊も、尻尾をつかみかねているところだ」

裏で糸を引いている人間が分からないのは、敵が多過ぎるからだ。

運河が通れば通行税が取れなくなる貴族、河賊、運河に投資している大商会に恨みを持つ人間、運河を後援するサクヌッセンブルク侯爵家と険悪な諸侯と数え上げれば限りがない。

〈鼠の騎士〉なんていう奴が動いているという噂もある。

元傭兵のホルストとしては、なるべく関わり合いになりたくない手合いだ。

自分が被った不利益は、必ず自分で取り返す。

そういう主義を掲げてあちこちで厄介ごとを起こしている貴族だ。

自力救済は結構だが、難癖を付けて多額の賠償金を巻き上げるようなことをする。

〈鼠の騎士〉なんて不名誉な仇名を奉られているのも、そういう振る舞いを憎まれてのことだ。

彼に比べれば、徴税請負人なんて可愛らしいものだとホルストは思う。

「市参事会にできるのは、君のような若者に古都を好きになってもらうことくらいだろうな」

苦々しげに呟くゲーアノートの前に、真っ赤な麺（ヌーデル）が運ばれてきた。

「ゲーアノートさん、お待たせしました。ナポリタンです」

シノブの運んできた皿を目にすると、徴税請負人の顔が綻ぶ。

「うちの養女もこれが好物でね」

「娘さんがいらっしゃるんですか」

うん、まぁ、正式な養女というわけではないんだが。

養女、と口にしたとき、ゲーアノートの頬が緩んだのをホルストは見逃さなかった。

きっと、溺愛しているのだろう。

ホルストはさっと手を挙げてリオンティーヌを招くと、ワインを二人前追加で頼んだ。

「さ、娘さんに乾杯しましょう」

「ん。あ、ああ、そうだな」

勢いに押し切られるようにしてゲーアノートもグラスを手にする。

「乾杯（ブロージット）！」

「乾杯（ブロージット）！」

傭兵時代に学んだことだ。強面の人間の方が、子供のことになると弱い。

予想通り、ワイン片手にナポリタンを食べるゲーアノートの雰囲気は、一気に柔らかくなった。

「なるほどねぇ、捨て子を保護した、と」

「そうだ、だが、捨て子のままでいるよりは、古都で暮らした方が絶対にいい。そのはずだ」

機嫌のよくなった徴税請負人は、驚くほど饒舌になる。

普段は見せない顔だというのは、居酒屋の店員たちの顔を見ればよく分かった。

「とにかく、素直でいい子なんだよ。ヘンリエッタは」

力説するゲーアノートに、ホルストはうんうんと相槌を打ってやる。

相槌を打ちながら、酒と肴も追加した。

鰯にオオバというハーブとチーズ(ケーセ)を挟んで揚げたものが、特に美味い。

サクッと揚がった鰯の旨味とオオバがさっぱりとさせたところに、とろりとチーズが追い打ちをかける。ツミレ汁とはまた違った鰯の美味さを堪能できる逸品だ。

複雑な味だが、不思議としっかりまとまっている。

これだけでラガーがいくらでも飲めそうだ。

ホルストに何か企みがあって、ゲーアノートを酔わせたわけではない。どうせ酒を飲むのなら、相手も気持ちよく酔ってくれるのが好きなのだ。

片眼鏡の徴税請負人は、ぽつぽつと問わず語りに養女のことを口にする。

ヘンリエッタという娘が素直だということ。

とても行儀がいいこと。

そして、可愛らしいこと。

話はあちこちへ飛ぶが、ヘンリエッタについてとてもよく見ていることはよく分かる。

今は知り合いの薬師に預けているというが、一緒に食事をするのを楽しみにしているようだ。

「……ただ、一つだけ、気になっていることがあってな」

「なんですか？」

「ヘンリエッタに、税のことを尋ねられた」

へぇと応じながら、随分ませたお嬢さんだな、とホルストは思う。

話から想像するヘンリエッタの年頃の少女が、税の話をするなんてよっぽどだ。

その時分のホルストは野山で妖精を探すのに一所懸命になっていたことしか憶えていない。

「いいんじゃないですか。徴税請負人も立派な仕事ですよ」

人に嫌われる仕事だが、誰かがやらなければならない。

市に払っている税金がなければ、今こうやってゲーアノートにホルストが酒を奢ってもらっていることそのものがなくなるのだ。

運河が実際に完成するのかどうか、完成するにしても何年かかるのかホルストには分からない。

しかし、そういう大きなことをするのも、税金だ。

一方的に毟り取られるだけなら困るが、自分だけでは絶対にできないことをやってくれるなら、まぁ仕方ないかと思える。

ゲーアノートみたいな徴税請負人がいなければ、そういう大きなことはできないだろう。

まぁ、私腹を肥やす類いの奴は許しがたいとホルストは思っているけれども、目の前に座るこの男がそうではないことは、少し酒を酌み交わせば分かることだ。

「ああ、そうだな。人に恥じることはしていない。そう思う」

だが、と言葉を続けようとしているようにホルストには見えた。

その言葉を、ゲーアノートはグラスの赤ワインでぐっと飲み干す。

「難しいものだな、人の親をやるというのは」

「難しいものだと思いますよ。大人をやるだけでも大変なのに」

そこからは、いろいろな話になった。

ホルストは海を見たことがないということ。

鰯も、今日はじめて食べたということ。

ツミレ汁は美味しいから、ヘンリエッタにも食べさせてやりたいということ。

運河ができれば、いつでも魚が食べられるだろうということ。

こんな話で聞き取り調査になるのかホルストには不安だったが、会計はちゃんとゲーアノートが持ってくれた。

いい街じゃないか。

小雪の止んだ夜の街をふらふらと歩きながら、ホルストは笑った。

美味い酒が飲めて、美味い肴がある。

今のところ仕事には困らないし、あと、ついでに娘想いの親もいる。

こういう街になら、骨を埋めてもいいな。

しかし。

今日の面談で一つだけ心残りがホルストにはあった。

「……ゲーアノートの旦那が食べてたあのナポリタンっていうの、どんな味なのかな？」

あれだけ美味そうに食べていたのだ。
きっと、天地がひっくり返るくらい美味いに違いない。
しっかり働いてお金ができたら、またこの店に食べに来よう。
そんなことを考えながら歩いてみると、夜の街がいつもよりも少し綺麗に見えた。

兄と弟

冬だというのに、〈馬丁宿〉通りには断きが溢れていた。

馬だけではない。馬車も、人も、押し退け合うようにして動き回っている。

大商会の徽章の入った馬車が目立つが、素性は色々だ。

耳聡い者達にとって、平原を埋める白雪も、馬車の轍の泥濘も、さして問題ではないらしい。

アルヌは、何かが起こりそうなときの活気が好きだ。サクヌッセンブルク侯爵としても、一個人のアルヌとしても、どちらの意味においてもという意味だ。

喧噪の中を潜り抜けるようにして、目当ての店のノレンを潜る。

「いらっしゃいませ！」

「……らっしゃい」

いつもの店に、いつもの挨拶。

この店に来るとサクヌッセンブルク侯爵アルヌ・スネッフェルスから、ただのアルヌになれる。

だからアルヌは居酒屋ノブに来るのが好きだ。

侯爵としての日常とは別の日常が、ここにはある。

今日の来店がいつもと少し違うのは、隣にいるのが弟ということだ。

マグヌス・スネッフェルス。

血を分けたアルヌの実弟で、サクヌッセンブルク侯爵家の重臣筆頭。

マグヌス（大きい）なんていう名前が付けられたのは生まれたときに随分と大きな赤ん坊だったからだという話だが、長じてはアルヌとよく似た風貌に育った。

仲のいい兄弟だ、とアルヌは思っている。

だが、少しだけ気後れする部分がないでもない。

「兄さんと居酒屋に来たのは、はじめてだな」

マグヌスに言われて、アルヌは驚いた。

「……そうだったかな」

そうだよ、と弟が苦笑する。

帝国北部の各地を旅していたマグヌスと会うために、アルヌは居酒屋ノブを指定した。

美味しいものでも食べながら話を聞きたいと思っただけのことだ。

いや、理由は他にもある。

兄と弟は、今ではもうただの兄と弟ではいられないからだ。

サクヌッセンブルクの屋敷で会うという形になると、兄と弟ではなく、どうしても主君と家臣という形になってしまう。

今、屋敷には両陛下が逗留しておられるのだ。

紹介するときには、どうしても臣下という形にならざるを得ない。

それは、なんとなく嫌なのだ。

侯爵家の兄弟である以上、けじめは付けなければならない。

だが、避けられる部分ではできる限りそういう堅苦しさを抜きにした機会を持ちたいとアルヌは思っていた。

ちなみにコンラート陛下は到着してからというもの、食事時にアルヌ達と一緒に過ごす以外は、ずっと方々に手紙を書き続けている。心は誰よりも自由でも、仕事からは自由になれない。それが帝国を統べる皇帝の悲しさなのかもしれない。

少し暇ができれば、古都(アイテーリア)も散策してもらえるのだが。

「ここは何でも美味いけど、特にテンプラが美味い」

「へぇ。それは楽しみだな」

弟は、凄い。

アルヌは本気でマグヌスのことを尊敬している。

自分がマグヌスの立場だったら、と考えると、とても同じようには振舞えない。

「今日のお通しは海老真薯(えびしんじょ)のお吸い物です」

塗りの美しい椀を開けると、澄んだスープ(ズッペ)と団子(クヌーデル)が入っている。

このところ、居酒屋ノブのオトーシはスープが多い。寒い日が続くと、こういう心配りが殊更にありがたく感じられるものだ。

手早くシノブにラガーとテンプラを注文する。

気心の知れた店というのは、多くを語らなくてもいいのが楽だ。

これが帝都のちょっとした格の店ならいちいち注文を細かくする必要がある。

帝国諸侯に連なる身であれば、そういう堅苦しさを我慢しなければならないのかもしれないが、アルヌには向いていない。

一口啜ると、ふんわりと身体の中から温まる。

最近気が付いたのだが、ノブで出す澄んだスープには柑橘(かんきつ)の皮が浮かんでいることがあった。汁を味わうときにこれが口元へ来るようにして啜ると、香りがぐっと引き立つのだ。

「温まるね」

マグヌスの眼鏡が、湯気で曇っている。

「ああ、北は寒かっただろう」

寒かったけど、楽しかったよ、と椀を傾けながら弟は笑った。

屈託なく笑われると、アルヌの胸は微かに痛む。

侯爵になる前、アルヌは吟遊詩人の修業をしていた。

父の懇請も無視して、見聞を広めるために世の中を旅して回る日々。

その間、マグヌスは領地経営に腕を奮い、アルヌの代わりを務めてくれていたのだ。

代わりを務める、というと少し語弊がある。

重臣団の中にはマグヌスをこそ、次代の侯爵にという声があっただろう。

アルヌが旅から旅の日々を送れば送るほど、マグヌスを侯爵の後継者に推す声は次第に大きく、無視できないほどになっていったはずだ。

はずだというのは、アルヌがその声を耳にしたことがないから、全て想像である。

侯爵家の重臣団は弁（わきま）えた者が多いし、何よりも武断の家柄が多い。

本当にアルヌを廃嫡（はいちゃく）してマグヌスを後釜に据えるつもりが少しでもあるのなら、本人の耳に入るようなへまをするはずはなかった。

幸か不幸か、アルヌには吟遊詩人の才覚がない。

稀代の吟遊詩人、クローヴィンケルにきっぱりと断言されたのだから、全くないのだろう。

そして、アルヌは侯爵になった。

アルヌ・スネッフェルスの人生としては、それだけのことだ。

だが、マグヌスから見ればどうだったのだろう、といつもアルヌは悩んでしまう。

兄が侯爵を継ぐと突然宣言したとき、マグヌスは笑って祝福してくれた。

それまで自分の自由を殺して代役に徹した弟が、文句の一つも言わずに後継者の座を譲る。

アルヌには、多分真似できないだろう。

自分がマグヌスの立場なら、祝福はしても、何か一言は言ってしまうに違いない。

過激派の家臣を糾合し、兵を集めて侯爵になってしまうこともできたのだ。

もちろん、マグヌスはそんなことをしないだろうが。

一言も責められないというのは、それはそれでつらいものだ。

「お待たせ！　テンプラの盛り合わせだよ。どんどん揚げていくからね！」

リオンティーヌが運んできたテンプラとラガーのジョッキを受け取る。

アルヌには更にチェイサーのグラスもついてきた。

このヤワラギミズという水を飲むと、酔いが回りにくいと教えてもらったのだ。

「それでは改めて」

マグヌスがジョッキを受け取る。

「乾杯（プロージット）！」

「乾杯（プロージット）！」

弟と酒を酌み交わすのは、久しぶりだ。

いや、オーサのことで少しだけ戻ってきたときに飲むには飲んだが、二人きりでとなると何年になるか思い出せない。

ぐびり、とラガーを一口。

冬でもよく冷えたラガーは、美味い。

そこへエビのテンプラを、サクリ。

もう一口、ぐびり。

この苦みと喉越しが、堪らない。

酒には弱いが、この組み合わせだけは病みつきになる。

エールは冷やしてしまうと味がダメになってしまうことがあるが、ラガーは冷たい方がいい。

「僕がいない間、政務はどうだった？」

白身魚のテンプラをフォークで切り分けながら、マグヌスが尋ねる。

「万事抜かりなく、とはいかなかったな。やっぱりお前がいてくれた方が安心できる」

半分本当で、半分嘘だ。

司厨長として内向きのことを切り盛りするイーサクは何事にもそつがない。

花嫁修業の代わりに読み書き算法を修めてきたオーサも加わったことで、侯爵家の内政は上手く回っている。元からいた廷臣団も、能力が低いわけではないから、今のところ不安はない。

ただ、マグヌスのように全体を見通せる人材が一人いると楽になるのも事実だ。

「やっぱり、誰か新しく人を入れた方がいいね」

「今は大丈夫じゃないかな」

「でもね、兄さん。こういうことは早くにはじめた方がいい」

そういうものかな、とテンプラを齧りながら答える。

玉葱（ツヴィーベル）のテンプラの甘みが、口の中に嬉しい。

「今は大丈夫、の次には、ちょっと厳しいがやって来るでしょ。その次にはなんとかやれている、になって、その後はもう、どうにもならない、しか待ってないんだから」

言われてみれば、そうかもしれない。

だが今は、マグヌスがいればいいのではないか。

でもね、とマグヌスにしては珍しく譲らない。

「オボリドリトも新しく小宮廷を刷新したというし、ホーエンシュタウフェンも人を入れたよ」

サクヌッセンブルクと同格の家をマグヌスが挙げる。

財務、税務、外交、軍務と、諸侯の家は大きくなれば大きくなるほどやることが多い。

騎士は最小の皇帝。

皇帝は最大の貴族。

誰が言いはじめた俚諺かは知らないが、統治する上で忘れてはならない言葉だ。

騎士でも皇帝でも、領地を持つ以上はやることは変わらない。規模の大小があるだけだ。

他家が家臣を集めているのは今にはじまったことではない。

優秀な人間はいつでも引く手あまただし、書画骨董のように人材を集めて愛でる者もいる。

「余所は余所、我が家は我が家」

強硬に反対する理由がアルヌにあるわけではなかった。

なんとなく会話を楽しんでいる、というだけだ。

兄弟の会話の具が政治と無縁ではないというのがいささか寂しいが、悲観するほどではない。

「今回の視察で見てきた北方の諸侯も、人を……」

「視察？」

マグヌスの言葉を、アルヌは思わず聞き返した。

「視察、がどうかした？」

「いや、俺はマグヌスにゆっくり羽を伸ばしてもらう休暇のつもりだったんだが」

「休暇？」

兄と弟は、まじまじと互いの顔を見る。

アルヌにとってみれば、マグヌスの北への旅は、二年間自由にさせてもらったことに対する償いの意味も込めた休暇として楽しんでもらうつもりだった。

しかし、当のマグヌスには、帝国北部の動向を探る視察として受け取られていたというわけだ。

「ぷっ」

どちらからともなく、噴き出した。

わはは、と二人揃って哄笑（こうしょう）すると、周囲の客や店員が何事かとこちらを覗き込む。

「じゃあ何か、マグヌス。お前は真面目に帝国北部の視察をずっと続けていたのか」

「そういう兄さんこそ、僕がずっと帝国北部を遊びでぶらぶらしていると思ってたの？　この寒い冬の時期に？」

言われてみればそれもそうだ。

アルヌは生まれ育った帝国北部を愛しているが、物見遊山（ものみゆさん）に旅を楽しむには、厳冬のこの地方はあまりにも厳しい。

帝都に足を延ばすなり、東王国（オイリア）や聖王国（ルプシア）、連合王国（ケルティア）へ行くこともできただろう。

行こうと思えば、温泉でも、名所旧跡でも、巡礼先でも事欠かないのが帝国だというのに。

マグヌスの生真面目さを、アルヌは見誤っていた。

お互いに相手の考えていることはよく分かっているつもりで、全く分かっていなかったのだ。

それが堪らなくおかしい。

同時に、堪らなく悲しくもある。

まだ幼い頃の二人なら、こんな行き違いは決して起きなかったはずだ。アルヌが何かを言う前にマグヌスが動き、マグヌスが何かをする前にアルヌが当意即妙に状況を整える。

そういう関係だったのが、いつの間にか二人とも大人になった、ということか。

口にした春待芽(ふきのとう)のテンプラのほろ苦さが舌の上に広がった。

暫く、二人とも無言でテンプラを食べる。

ざくり。

ざくりざくり。

ぐびり。

シャクシャク。

こんなときでもノブの料理が美味しく食べられるのが、少しだけ悔しい。

やはり、新しい家臣を探そう。

今のままでいい、というのはアルヌの甘えに過ぎない。古都の水運が大きく変われば、侯爵家の周囲の状況も激変する。

必要な人材を集め、何かあっても対応できるようにしなければならない。

そしてマグヌスに今度こそ自由を謳歌(おうか)してもらうのだ。

マグヌスは兄のために尽くし続けてくれたし、今も、これからもそのつもりだろう。

しかし、兄としてアルヌは何もしてやれていない。

そんな自分に、腹が立つ。

そうと決まれば、人を探さなければならない。

できれば、計数に強い人間がいいだろう。

身近に誰かいればいいのだが。

いや、そう都合よくはいかないだろうな、とアルヌは自嘲する。

「兄さん、飲もう」

「そうだな。飲もう」

テンプラを食べながら、マグヌスと話す。

離れていた時間を埋めるような二人の時間は、夜遅くまで続いた。

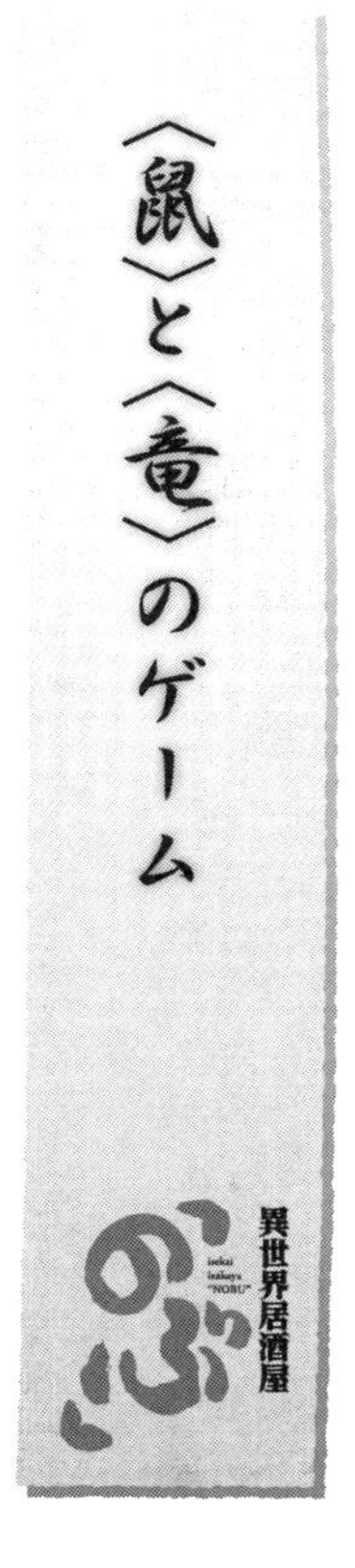

〈鼠〉と〈竜〉のゲーム

人生は奪い合いだ。

ぼんやりしていたら何もかも奪われてしまう。

揺り籠から墓場まで、生きている間に気を抜ける瞬間など少しもありはしない。

何かを奪われたくなければ、先に奪うだけだ。

全ては自力で解決しなければならない。他人は当てにはならないし、当てにすべきでもない。

ゲオルクにとって、人生とはそういうものだ。

これまでも、そしてこれからも。

「厚切りのベーコン（シュベック）を」

隣の席に座る遊び人風の金髪の男がベーコンを頼む。

客の入りは平日夕方の居酒屋としてはほどほどの賑わい具合で、酒と肴を求めて客が途切れるということがない。

ここは古都（アイテーリア）の居酒屋で、ゲオルクは単なる客としてラガーの入ったジョッキを弄んでいた。

中身には口を付けていない。

苛立ちを隠すようにフォークを手にして、また置く。

ゲオルクは、人を待っていた。

待ち合わせをしているわけではない。待ち伏せをしている、といった方が実情に即している。

古都のはずれ、〈馬丁宿〉通りの居酒屋に、侯爵が訪れるらしい。

サクヌッセンブルク侯爵であるアルヌ・スネッフェルスといえば、帝国の北方にその名の隠れることのない大諸侯の一人だ。

古都に大きな影響力を持つ貴族で、〈運河浚渫〉計画の中心人物とされている。

狙うは、このアルヌだ。

お忍びでやって来るはずの侯爵に論難を吹っ掛ける。そのためだけにゲオルクはじっと居酒屋のカウンターに腰かけていた。

帝国の北方に小さな領土を持つ騎士であるゲオルクが古都に滞在して、既に三十日ほどになる。

色々と仕込みをしながら旅籠に投宿するのは、愉快な経験とは言えなかった。騒ぎなど起こしてしまって衛兵が飛んでくることは絶対に避けねばならない。

正体を明かさぬように身を隠しながら、人に会い、噂を撒き、少しずつ毒を染み込ませていく。

毒と言ってももちろん、本物の毒ではない。

まるで運河の開削が悪いことであるかのように、人々の心を誘導するのだ。

そうやって、侯爵との一騎討ちの前に下地を作り上げておく。

侯爵と議論をすればゲオルクに有利な野次を飛ばすような人間も用意した。

細工は流々、仕上げはご覧じろ。

姑息なやり口だが、こういう単純な方法が議論には意外なほどに効く。

もちろん、それ以外にも手は尽くしてあった。

実際に運河の浚渫工事を邪魔するための策も、並行して進めている。

衛兵に見つかって拙いのは、むしろこちらの方だ。

運河浚渫を妨害するために、ゲオルクは少なくない人間に金を撒いている。妨害の下手人から足の付くような下手なことはしていないが、用心に越したことはなかった。

硝子のジョッキの中で、ラガーが温んでいく。

高価な硝子。出回りはじめたばかりのラガー。冬だというのに、陽気に騒ぐ人々。

ゲオルクにはその全てが呪わしく、疎ましく、奪う対象にしか見えない。

腹立たしいことに、ここ数日で古都には続々と馬車が詰めかけている。

ただの馬車ではない。大商会や周辺の諸侯、銀行家、遠く帝都から帝室の宮廷の法服貴族までが訪れているようだ。

真冬にこれだけの馬車が集わねばならないような重大な要件と言えば、一つしかない。

運河だ。

莫大な金を投じて、大河と並行する大運河を浚渫する。

元々が湖沼地帯だから一から河を掘るほど難しくないとはいえ、莫大な資金の動く仕事だ。

そんな莫迦げたことをする連中から、奪う。

ゲオルクが侯爵に会うために居酒屋で無為な時間を過ごしているのも、そのためだ。

侯爵は、金髪碧眼。年の頃はゲオルクと然して変わらない。

隣に座っている遊び人風の男も髪の色、瞳の色は一緒だが、侯爵ということはないだろう。

ラガーのジョッキに口を付ける振りをしながら、鋭い視線で店内に気を配る。

今日は空振りなのだろうか。

そもそもこんな場末の居酒屋に侯爵が来るという情報が誤りだったのかもしれない。

貴族とは疎まれ、恨まれるものだ。

ゲオルクのような騎士でさえそうなのだから、侯爵ともなればさぞや敵も多かろう。

わざわざ衆目にその身を晒してまで街の居酒屋に大諸侯が訪れる、というのはやはり妙だ。

もう少し待ってみて、それらしい人物が現れなければ、作戦を練り直そう。

そんなことを考えていると、隣の客にベーコンが運ばれてきた。

「はいよ。厚切りベーコンお待たせ」

皿に乗っているベーコンを見て、ゲオルクはそれが急に欲しくなった。

分厚くて、しっかりとしていて、脂と肉の割合がとてもいい具合なのだ。

腕のいい画家に『ベーコン』という主題で絵画を描かせれば、手本にするだろうベーコン。

「そのベーコンをくれ」

呟くように口を衝いた言葉は、ゲオルク自身にも傲然と響いた。

「はいよ、ベーコン一つね」

リオンティーヌと呼ばれている女給仕が応じる。

「違う」

首を振り、ゲオルクは声を荒立てずに、しかしはっきりとした声で宣言した。

「私が欲しいのは、そのベーコンだ」

遊び人風の客とリオンティーヌが顔を見合わせる。

やってしまったかな、とゲオルクは内心で計算を走らせた。この店で騒ぎを起こせば、アルヌは店に姿を見せないかもしれない。となると少々厄介だ。

だが、そんな計算も「欲しい」という気持ちには勝てなかった。

人生は奪い合いだ。

欲しいもの、手に入れなければならないもの、守りたいものは、奪わなければならない。

遊び人風の男はどう出るだろうか。

見たところ、腕っぷしは強そうだ。喧嘩っ早いようには見えないが、殴ってくるだろうか。

あるいは論戦になるかもしれない。

殴ってきてくれれば、楽になるなとゲオルクは打算を巡らせる。目の前の男に殴られれば確かに痛いだろうが、周りの人間に誰が悪いかを印象付けられるのだ。

そうなってしまえばしめたものだった。

相手の非を訴え、詰(なじ)り、ベーコンを手に入れる。

線の細いゲオルクだが、喧嘩でも舌戦でも誰にも負けるつもりはない。

これが〈鼠の騎士〉ゲオルクのやり方であり、生き方だった。

さ、相手は一手目をどう出るか。

注視するゲオルクに、遊び人風の男は、事も無げにベーコンの皿を差し出した。

「どうぞ。ベーコンは美味いからな」

覇気も何もない。ゲオルクに怖れをなした風でもない。

ただただ自然にベーコンを差し出すと、男はテンプラを注文する。

ゲオルクは、唖然とした。

いったい、何なのだ。拍子抜け、とはこのことだった。

何事もなかったかのようにゴマドーフを食べる男が憎々しく思えてくる。

目の前で美味そうに湯気を立てているベーコンが、途端につまらないものに見えてきた。

せっかく手に入れたのに、手に入れただけで満足してしまう。

ゲオルクにはよくあることだった。悪癖、と身近な人間に誹(そし)られることもある。

奪うまでが大切で、奪った後のことには興味が湧かないのだ。

肉厚でいい加減の焼き色のついたベーコンが目の前で無為に冷めていくのを見るともなしに見ているると、隣の遊び人風の男が声を掛けてきた。

「人探しかい？」

「何故そう思うのかな？」

男は視線で冷めつつあるベーコンと、温くなったラガーを示す。オトーシ、という小皿料理も、もう乾いていた。

「居酒屋に来ているのに、酒にも肴にも手を付けない。誰かを待っているにしては、辺りを見渡すときの仕草に密やかさがある」

声音には咎めるような色はない。どちらかと言えば、面白がっている風がある。

「そうだ、と言ったら？」

「手伝いくらいならできるかもしれないな。顔は広い方だと思う」

なるほど、確かに遊び人風の男は世間知に富んでいるように見えた。

古都より北に位置する〝背中〟ほどの所領から出てきたばかりのゲオルクにとっては、ありがたい申し出だ。

「ではお願いしようか」

うん、と遊び人は頷いた。口元には微笑さえ浮かべている。

「サクヌッセンブルク侯爵のアルヌ・スネッフェルスを探している」

声を潜めて、ゲオルクは探している相手の名前を出した。

果たして男は驚くだろうか。一笑に付すかもしれない。表情の変化を見て信頼に足るかどうかを計ろう。ゲオルクは微かな動きも見逃すまいとする。

しかし、男の反応は予想外のものだった。

「ああ、それなら探す必要はないよ」

男はゲオルクの方に向き直り、居住まいを正す。

「申し遅れた。私の名はアルヌ。アルヌ・スネッフェルスだ。以後、お見知り置きを」

思わず、ゲオルクは手にしていたジョッキを取り落としそうになった。

まさか侯爵ともあろう者が居酒屋に平服で訪れ、しかもこれほどまでに馴染んでいるとは。

それにしても、隣の席に座っているとは、何という僥倖だろうか。普段あまり敬虔な方ではないゲオルクでも、この幸運を神に感謝したほどだ。

「私はゲオルク。ゲオルク・フォン・ウンターベルリヒンゲンだ」

ああ、とアルヌが頷く。

侯爵が全ての騎士を把握しているとは思わないが、〈鼠の騎士〉の悪名を持つゲオルクの名ならどこかで耳にしたことがあるかもしれない。

「出会いを祝して乾杯でも？」

アルヌに尋ねられ、ゲオルクは大きくかぶりを振った。

「いや、私は貴公に苦情を申し立てに来たのだ」

「苦情？」

不思議な言葉を聞いた、という風な表情でアルヌは手に持ったジョッキに口を付ける。

「そうだ。運河の浚渫、これを取り止めて頂きたい」

「運河の浚渫を？　理由を聞かせてもらってもいいかな？」

調子が狂わされた。

既に進みはじめている運河浚渫への取り止め請求など、言下に退けられると思っていたのだ。

「生活です」

ゲオルクは語気を強めた。聴衆の関心を引くためだ。

一対一の舌戦ではなく、周囲を巻き込んだ場に引きずり込む。

これが〈鼠〉の戦い方だった。

「大河の畔にはその恩恵を受けて暮らしている者が多く暮らしている。運河が通れば、その生業は破壊され、貴族も農民もその生活の糧を失って路頭に迷うことになるのではありませんか」

論難に聞こえぬように、しかし相手の逃げ場を的確に封じるように。

ゲオルクの目的は、金だ。

本当のことを言えば、運河が通ろうがどうなろうが関係ない。物流の中心が運河から外れようが変わるまいが、ゲオルクの領有するウンターベルリヒンゲンが貧しいことに変わりはなかった。

だが、他の貴族は違う。

河賊を嗾け、通行税を毟り取り、大河を行き交う商人から財貨を搾り取っている貴族たちには、死命を制する大問題だ。

その貴族たちを〝代表〟して、ゲオルクが侯爵や古都市参事会と交渉する。

大河沿いの大小諸侯は未だに運河に対して旗幟を鮮明にしていない。サクヌッセンブルク侯爵と古都市参事会、そして大商会の動きがあまりにも迅速だったからだ。

上手くやったとゲオルクでさえ舌を巻く鮮やかさだった。

けれども、一度ゲオルクが反対活動を焚きつければ、乗ってくる貴族は必ずいる。

今やどの貴族も内実は貧しい。厳しい財政を支えている運河の通行税が激減すれば、体面を保てなくなる家は十や二十では利かないはずだ。

反対運動を使嗾し、時には妨害行動に手を染め、侯爵家や市参事会から詫びの金をせしめる。運河を通す意思があるのなら、確実に金を払うはずだ。ゲオルクは反対の運動を代表することでその詫び金の一部を正当な報酬として手に入れる。

金だけではなく、懐柔のために領地もついてくるかもしれない。

人生は、奪い合いだ。

奪えるものがあるのに奪わない奴がいるならば、代わりにゲオルクが奪ってやる。

ゲオルクはこれまでそうやって生きてきたし、これからもそうするだろう。

「生活、か」

アルヌは顎に手を当てる。

〈鼠の騎士〉の悪名に恥じない、嫌な一手だ。

生活が破壊されると聞いて、理性的でいられる人間はいない。

賭けてもいいが、ゲオルクは運河が人々の生活を破壊するかどうかなど気にしていないはずだ。

生活を破壊すると主張することが、人々の耳目を集められるという策だろう。

その策が効果的だということは、アルヌも認めざるを得ない。

居酒屋ノブで酒を酌み交わしている客たちも、興味津々という様子でこちらを窺っている。

「悠久の大河のもたらす恵みは、魚や貝、工芸品の材料となる植物だけではありません。行き交う舟をもてなす舟宿は民草の大切な収入源です」

よく通る声でゲオルクが演説を続けるのを、アルヌはじっと見つめた。

自分自身が吟遊詩人を目指して旅をして見たこと、弟のマグヌスが視察してきた北部の暮らしが脳裏にありありと浮かんだ。

大河の畔に暮らす人々は、ゲオルクの言うようにその恩恵に浴しながら生計を立てている。

「民が餓えれば、そこから税を得る貴族も同様です」

身振り手振りを大きくしながら、ゲオルクは続けた。

アルヌに話しているのではない。周りにいる聴衆に語りかけている。

「大河沿いの領地を治める貴族たちは、正に帝国の藩屏として日夜、研鑽を積んでいます。大河を遡上してくる北方の夷狄を退けることが課せられた役割だからです」

その通りだ。

北方三領邦も、大河沿いに領地を有する大小の貴族たちも、北から竜視眈々と帝国の沃土を狙う侵掠者や匪賊を撃退することを帝国から期待されている。

「民は耕すもの、僧は祈るもの、騎士は戦うもの。騎士たちが万全の状態であれば、如何に北方の夷狄といえども、鎧袖一触。しかし……」

ゲオルクが大げさにかぶりを振り、悲しげな表情を浮かべて嘆息した。

運河が通れば、民への税を通じて貴族の現金収入が減る。そうなれば、帝国北方の守りが手薄になるとでも言いたいのだろう。

欺瞞だ。

運河が通れば舟宿の経営が苦しくなる、というのは事実だろうが、そこから貴族に上がる税など高が知れている。

本当に減る貴族の収入は河賊からのものであり、当然ながら、犯罪だ。

犯罪に手を染められなくなるから帝国に対しての騎士の誓いを果たせなくなる、というのなら、そんな誓いなど即刻破棄してしまえ、とアルヌは思う。

演説を聞きながら、アルヌは段々と腹が立ってきた。

ゲオルクは綺麗事しか言わない。

その綺麗事が、民草や騎士のためになるのなら傾聴の価値もあるだろうが、これは違う。

はじめに口にした「生活のため」という言葉が少しでも本物であったなら、アルヌもゲオルクの演説を終いまで聞いたかもしれない。

だが、話の内容は別のところへ移ってしまった。

ここから、〈鼠の騎士〉お得意の強請りがはじまるのだろう。

それを待つほど、アルヌは優しくない。

運河浚渫の妨害を企てているのがゲオルクだという噂を耳にしてから、アルヌは〈鼠の騎士〉について徹底的に調べさせた。

自力救済の騎士、ゲオルク・フォン・ウンターベルリヒンゲン。

冬の間ということもあり調査には限界があったもののそれでも呆れるほどの伝説がアルヌの下に届けられた。

彼は誰も信じないいし、誰も頼らない。

ゲオルクにとって、他者とは奪うための相手でしかなかった。

たとえば土地の所有権で揉め事が起きたとき、ほとんど全ての人は仲裁を求めて裁判を起こす。

裁判を取り仕切るのは、その一帯を統治する領主や、時には帝国そのものだ。

徴税と裁判は統治の最も重要な部分であり、木の根のようなもの。根が細ければ大樹がどれだけ繁っても、その栄華は短く、虚しい。

だから領主も帝国も、裁判を徒や疎かには扱わなかった。

その土地で起きたことはその土地を統べる者が裁く。

裁く権利があるということが統治の根拠だからだ。

ゲオルクは、それを容易く無視する。

誰かに怪我を負わされれば、相手の身包みを剥いで放り出す。

誰かが自分の土地を侵犯すれば、徒党を組んで館を攻め、賠償を求めて取り囲む。

誰かが服に葡萄酒(ヴァイン)をこぼしたというだけで、その賠償を求めて高価な服の代金を毟り取る。

更に悪質なのは、揉め事の発端が本当にあったかどうかは関係ないということだ。

アルヌの調べた限り、ゲオルクの関わった事件のほとんどは、難癖に過ぎない。

正規の裁判を起こせば、全て退けられただろう。

だが、〈鼠の騎士〉はそんな些細なことには構わない。

奪うために嘘を吐き、奪うために策略を巡らせ、奪うために人を嘲る。

かつて帝国が弱々しく、まだ統治が行き届かなかった時代であれば、人々は自分のことを自分で守らねばならなかっただろう。ゲオルクのような在り方をする人間もいたかもしれない。

しかし、今は違う。

帝国は〈黄金の三頭竜〉の紋章を掲げる帝室によって統治されているのだ。

〈鼠の騎士〉が手を染めていることは、単なる危険な火遊びではなく、〈黄金の三頭竜〉に対する重大な挑発であり、挑戦だった。

運河浚渫の件で大義のない反対派貴族を糾合して小銭を巻き上げようというゲオルクの企みに、アルヌは鐚の銅貨一枚、払う気がない。

温くなったラガーの残りを一気に呷る。

苦みが、アルヌの気を引き締めた。

「なるほど、ゲオルク・フォン・ウンターベルリヒンゲン。君の言いたいことは分かった」

気持ちよく演説していたのを途中で遮られ、ゲオルクの表情に一瞬だけ怒気が浮かぶが、すぐに消えた。抑制の効いた煽動者だ。

だが、相手が悪い。アルヌは大諸侯であり、つまりは生まれる前からの政治家なのだ。

「つまりゲオルク、貴公は畏れ多くも帝国を脅迫しているのだな？」

アルヌの反撃を受けて、ゲオルクの顔に朱が走った。

「決して、そういうわけでは……」

「帝国騎士の尽忠を軽んじ、諸侯の誇りと矜持とを甘く見て、運河が通れば槍働きができなくなるから通さないでくれ、などと言うのは騎士の風上にも置けない」

思わぬ反撃だったのだろう。ゲオルクの表情が目に見えて歪んだ。

訴えが正当なものであれば、アルヌとしてはその想いを聞き届けないではない。

だが、徒に帝国を脅すような言辞を弄して小銭をせしめようというのであれば、見過ごすことはできない。

フォン・ウンターベルリヒンゲンの旗は、〈群鼠〉。

サクヌッセンブルクの〈大鯨〉は帝国の〈竜〉の同盟者であり、臣下である。

〈鼠〉が〈竜〉にゲームを仕掛けるのであれば、〈竜〉の側に立つ。

まして、ゲームを仕掛ける振りをして〈竜〉に敵対するのであれば、叩き潰すまでだ。

視線で射殺そうとするかのようなゲオルクを余所に、アルヌはテーブル席で静かに夕餉を愉しんでいる夫婦に目配せをした。

まだ新婚と思しき夫婦の夫の方がアルヌに小さく頷きを返す。

もしゲオルクにもう少し注意力があれば、その男性の横顔が、帝国大金貨に鋳込まれている顔とよく似ていることに気が付いたかもしれない。

「……本来であればまだ秘事であるが」

アルヌは居住まいを正して重々しく宣言する。

「運河浚渫の計画は既に皇帝陛下のお耳に入っている。陛下は帝国北方の諸問題について、大きな関心を抱いておられる」

皇帝陛下、という言葉にゲオルクの表情が俄に青ざめた。相手が諸侯であればどうとでもなると思っていたのだろうか。侯爵も舐められたものだ。

「だが！」

〈鼠の騎士〉が口を挟んだ。

その表情には憤怒と縋り付くような色が綯い交ぜになっている。

「皇帝陛下が介入なさるのであれば、貴族や民が苦しむことをお許しになるはずがない」

「もちろんだ」

アルヌは鷹揚に頷いて見せた。

「寛大な皇帝陛下は民や貴族が困窮することを望んでおられない」

ここでアルヌは一拍置く。

「苦しむべきではない民や貴族の中には、当然、古都とその周辺の住民も含まれる」

戦鎚で頭を殴られたように、ゲオルクの表情が歪んだ。

そもそも、運河を浚渫しようという話の根本は何か。

古都の人々が河賊や大河沿岸貴族の不当な通行税によって、本来得られるはずの利益を得られない状態が続いていたからだ。

そして、古都は帝国直轄都市である。

統治は市参事会によって取り仕切られているが、定義の上では帝国を領主として戴いている。

皇帝がこの件について仲裁に乗り出すことは、法の上から見ても、極めて正当だ。

「それでも、もし運河が通れば、悠久の大河の恵みを受けて暮らしている貴族たちの生活は……」

苦し紛れの反撃だった。

ついに建前でも民という言葉を使わなくなったのは、哀れですらある。

「一つ聞きたい。貴公の言う、生活とはなんだ？」

アルヌの問いに、ゲオルクはすぐに答えなかった。

訝しげにアルヌの瞳を覗き込む視線は憎しみの焔を宿し、煌々と燃えている。

少しでも議論を延ばし、起死回生の糸口を探そうという気配を既に隠そうともしていない。

「全てです」

「全て、とは」

「生まれてから死ぬまでの、全て。住むこと、着ること、食べることの全てです」

詐欺まがいのことまで駆使して人から奪うことで生きている人間だけあって、口が達者だ。

「アルヌ様もご存じでしょう？　貴族の生活の内実は、苦しい。民からクルミ油を搾るように徴税しても得られるものは無限ではない。貴族としての体面を保つために必要な付き合いは多く、冠婚葬祭の全てに降り積む雪ほどの金穀が出ていくことになるのです」

ゲオルクの言っていることは間違いではない。

貴族の生活には金が掛かる。借財を抱えていない貴族など、ほとんどいないだろう。

付き合いの多い大貴族になればなるほど、その傾向は強い。

誕生祝い、洗礼祝い、元服祝いに堅信礼祝いと指折り数えれば限りがなかった。

一陽来復の度に挨拶の品を送り合うのだから、その費えが神学的な数字になるのも無理はない。

加えて貴族には武備も必要だ。

限られた収入と増え続ける支出。

しかし、それをなんとかするのが、貴族の才覚というものだろう。

先々代のサクヌッセンブルク侯爵である大伯父の蕩尽した莫大な財の埋め合わせに人生の過半を費やした父を見ているだけに、アルヌの目には、知らず知らずのうちに憐憫の情が混じった。

もちろん、河賊に手を染めるなどは言語道断であるが。

「貴族といえども！」

口角泡を飛ばす勢いで、ゲオルクは訴える。

最早、聴衆のことを意識した弁論の態（てい）をなしていない。

「貴族といえども、生活があるのです。戦うことが本義の貴族とはいえども、その本心では家族と囲む食卓の団欒を愛していないはずがない！」

「嘘よ」

か細く、しかしはっきりとした言葉が〈鼠の騎士〉を遮った。

居酒屋の入り口、引き戸の近くに、少女が一人立っている。

少女の後ろに控えているのは、徴税請負人のゲーアノートと薬師のイングリドだ。

「お父さん(ファッティ)は、私と一緒にご飯を食べようとしないじゃない」

その一言に、ゲオルクは項垂(うなだ)れた。

心の中の何かが、真っ二つに折れたのだろう。

アルヌには、そういう風に見えた。

◆

何故ここにいるのか。

娘のヘンリエッタの姿を目にして、はじめにゲオルクの脳裏に過ったのはそのことだった。

幻だろうか。

いや、それにしてはあまりにも姿がはっきりとしている。

ゲオルクは震える手でラガーのジョッキを取り、口を付けた。乾きが抑えられなかったのだ。

侯爵との舌戦には、ほぼ敗けていた。

誰の目から見てもそうだろう。

確実な敗北が明らかであってなお、ゲオルクはまだ勝利を諦めていなかった。

侯爵と騎士の討論とはいえ、ここは公的な場ではない。あくまでもただの居酒屋での話だ。

もしもこの場所に皇帝その人が臨席していたのであればともかく、酒の席での言葉は酒の席での言葉に過ぎない。どうとでも言い繕えるはずだ。

酒の席での言葉の勝敗に侯爵ともあろう者が固執すればするほど、醜態に見えることもある。

けれども、その目論見は脆（もろ）くも崩れ去ってしまった。

今のゲオルクには、戦い抜くだけの芯がない。

ヘンリエッタに「嘘だ」と言われた瞬間に、塩の柱に熱湯をかけたかのように、溶けて落ちた。

「お父さん」

「ヘティー」

娘が行方不明になったのは、冬のはじめのことだ。

郎党だけでなく近隣の貴族にも手伝ってもらって探したのは、誘拐を疑ったからだった。

〈鼠の騎士〉としてのゲオルクの悪名は帝国北方に広く轟き渡っている。

貴族の子女の誘拐は帝国のどんな法律に照らしても重罪だが、ゲオルクへの復讐のために誘拐に手を染めようとする人間がいないとも限らない。

いや、間違いなくいるだろう。

ゲオルクが憶えているだけでも、〈鼠の騎士〉に人生を破滅に追い込まれた人間は両手と両足の指の数でも数え切れない。

自暴自棄になって重罪に手を染める奴儕（やつばら）の存在を、ゲオルクは疑わなかった。

自分はそれだけのことをしてきた、という自覚はあったのだ。

誘拐は許せなかったが、誘拐した人間の考えることはよく分かった。

ゲオルクが他者から奪うことが自力救済なら、どこかの莫迦が復讐のためにヘンリエッタを攫うのもまた、自力救済に違いない。

「ヘティー、無事だったのか！」

誘拐は難しい犯罪だ。

まず目的となる人物を攫うのが手間だ。

そして、身代金や条件を受け取ろうとすると、更に難易度が上がる。

人質が手の内にあったとしても、交渉のために相手側と接触することは不必要に自分の手掛かりを与えることになるからだ。

世の中で犯罪とされることに手を染めてきたゲオルクだが、誘拐には手を出さない。面倒な上に危険が大きく、労力に見合わない。

もちろん、単純に済ませる方法もある。見せしめにしてしまうのだ。

冬のはじめにいなくなったヘンリエッタをゲオルクが諦めたのは、そのせいだ。

最悪の結果が明らかになっていないのは、雪のせいだろうと思った。

帝国北方の雪は、深い。

全てを覆い隠す雪の中には色々なものが隠されている。

もしもゲオルクが見せしめのために誘拐に手を染めるなら、雪の中に隠す。根雪が溶けて全てが明らかになった頃には、下手人を遠くへ逃しておくことができるからだ。

北国の雪が溶ける頃には。

それ以上のことを考えないために、ゲオルクは運河浚渫反対の策謀に邁進した。

妻亡き今、ゲオルクにとって家族はヘンリエッタしかいない。

奪うことに専心している間だけ、娘のことを忘れていられたのだ。

いや、それも違う。

違うのだ。

自分が本当に娘を愛しているかどうかを考えるのが怖かったのだ。

ゲオルクが奪うのは自分のためだが、それは娘のためでもある。そのはずだった。

もしもゲオルクが娘を愛していないのだとしたら、自分は何のために奪うのか。

娘のため、娘との生活のため、娘と生活する自分のため。

奪う理由が根幹から失われてしまうことに、ゲオルクは恐怖した。

奪うために奪う。

目的もなく、ただ奪うために奪っているのかもしれない。

疑念は日に日に大きくなり、胎の底にどす黒い塊となって溜まっている。

そして、ヘンリエッタの「嘘よ」という言葉で、怖れは真実となってゲオルクの前に現れた。

自分は奪うために奪っていたのだ。

崩れ落ちそうになるのを堪えながら、ゲオルクは最愛の娘に手を伸ばした。

手を伸ばしたのなら、娘が最愛のものになるのだ、と自分に弁解するために。

しかし、伸ばした手からヘンリエッタは逃れた。

「何故だ……？」

「お父さん、誘拐犯から要求があります」

「誘拐犯？」

娘の言葉に、理解が追い付かない。

娘の後ろに立っている片眼鏡の男が誘拐犯なのだろうか。

「誘拐犯というのはどこの誰だい？　お父さんがどんな方法を使っても懲らしめてあげる」

できる限りの優しい声でゲオルクは娘に尋ねる。

だが、視線は片眼鏡の男に向けたままだ。

この男が誘拐犯であるのなら、絶対に許さない。何があっても、全てを奪い尽くす。

男は軽く咳払いをすると、口を開いた。

「私はゲーアノート。徴税請負人です」

「徴税請負人風情が、何の用だ？　お前がヘンリエッタを誘拐したとでも言うのか？」

まさか、とゲーアノートは一笑に付す。

「いえ、私は一時的な保護者として、ヘンリエッタ嬢をお預かりしていただけです」

そうなのか、と視線で尋ねると、ヘンリエッタが頷いた。

「そうだったのか。それはありがたい。だが、一時的な保護とやらはお仕舞いだ。ヘンリエッタは私のところへ戻る。万事解決だ」

　ゲーアノートは重々しく、首を横に振る。

「そうはいきません。まだ誘拐犯との交渉が済んでいない」

　ゲオルクは苛立ちを隠さずに、ゲーアノートに指を突き付けた。

「交渉だと？　ああ、いいだろう。交渉でも何でもしてやろう。これでも〈鼠の騎士〉と言えば、少しは名が通っている。娘を取り戻すためなら、どんな交渉だってしてやるさ」

　なるほど、とゲーアノートが頷く。

「交渉事は得意ということですから、敢えて言うことではないかもしれませんが、一つだけ助言をさせて下さい」

「助言？」

「ええ、いつものようにごねてもいいことはありません。誘拐犯の言葉に、耳を傾けて下さい」

「だから、その誘拐犯というのは誰なんだ！」

　激昂するゲオルクの前に、ヘンリエッタが歩み出た。

　その表情は、これまでに見せたことのない、毅然としたものだ。

「誘拐犯は、わたしです」

　ヘンリエッタはそう言って、自分自身を指さした。

「……は？」

「お父さん、わたしがわたしを誘拐したの」

　真っ直ぐ父を見つめるヘンリエッタの視線に、ゲオルクは気圧された。

この気魄は、間違いなく〈鼠の騎士〉の娘だ。

自分で自分を誘拐する。

他人にこそ妙なことに聞こえるかもしれないが、外ならぬゲオルクにはヘンリエッタの考え方が手に取るように理解できた。

交渉したい相手にとって最も大切な物を奪い、返して欲しければ要求を呑めと迫る。

それこそ正に、ゲオルクの人生そのものだ。

口元が自然と緩み、笑みがこぼれる。

奪ってばかりだと思っていた自分だが、娘に引き継げているものが、確かにあったのだ。

たとえそれが、奪うということであったとしても。

「……分かった。要求を聞こう」

「要求は、三つ」

右の人差し指と中指と薬指とを立て、左手は腰に当てる。

胸を張ったヘンリエッタの表情には、ふざけているような気配は微塵もない。

当たり前だ。

恐らくは一人で計画し、子供の足で北のウンターベルリヒンゲンから古都までやって来たのだ。

それだけの策謀が、遊びやおふざけであるはずがない。

「さぁ、ヘティー。いや、ヘンリエッタ。欲しいものはなんだい？　甘いお菓子か？　お金か？　新しい母親が欲しいとでもいうのか？」

ヘンリエッタは首を横に振ることさえしなかった。

母親譲りの鋭い狼歯(ユーバーツァーン)が、ちらりと覗く。

家臣の中には狼歯を不吉と見做す者もいたが、関係ない。

あれの母親も、強い女だった。

「一つ、ゲオルク・フォン・ウンターベルリヒンゲンは、お母さんの墓参りをすること」

幼いが、それでも凛とした声が居酒屋に響く。

誰も嗤わない。

嘲笑できるはずがなかった。

帝国北方にその名を轟かせる〈鼠の騎士〉から娘を攫って脅そうという大悪党の言葉だ。恭しく拝聴するしかない。

「二つ。ゲオルク・フォン・ウンターベルリヒンゲンは、悪いお父さんであることをすぐに止(や)め、いいお父さんになること」

妻の墓参りと、いい父親になるということ。

どちらも、ゲオルクの胸に刺さる要求だ。

いい父親というのは、父親として家庭を顧みるというだけの意味ではあるまい。

今の稼業から綺麗に足を洗い、善良に生きろということだ。

これではまるで、裁判ではないか。

いつか誰かに裁かれると思っていたが、まさか自身の娘に裁かれるとは想像していなかった。

「三つ」
ゲオルクは娘の瞳をしっかりと見据える。
思えば、ヘンリエッタの顔をつぶさに見つめるのなど、何年ぶりのことだろうか。
怖かったと言えば、嘲弄されるかもしれない。
そう、娘が怖かったのだ。
ゲオルクが奪ったものの中で最も価値のあったもの。
奪われたものながらに、ゲオルクを愛してくれたもの。
日に日に亡き妻に生き写しに成長していく娘が、怖かったのだ。
娘に否定されることが、怖かった。
想像するだけで、背筋が凍り付きそうになる。
否定され、生活が壊れてしまうことに耐え切れなかった。
だから自分から遠ざけたのだ。
壊れてしまえば、もう壊れることはないのだから。
「三つ目の条件は？」
ヘンリエッタに、先を促す。
どんな裁きの言葉も、受け容れる覚悟ができていた。
他の誰でもない自身の娘に裁かれるのなら、それは本望だ。
「……お父さんはこれから、私と一緒にごはんを食べること」

出された条件に、息を呑む。

誘拐犯の言い渡した条件は、重く、鋭く、ゲオルクの胸に突き刺さった。

一緒にごはんを食べる。

嗚呼、と自然に溜息が漏れた。

下された判決は、これまでに自分が課せられるかもしれないと想像したどんな刑罰とも違う。

なんという裁きだろうか。

娘は、ただ、ごはんを一緒に食べろという。

禁錮でも、懲役でも、追放でも、鞭打ちでもない。

たった一人で家を出て、遙か古都まで自分を誘拐した娘の、それが要求なのだ。

何故、とは思わない。

寂しい思いをさせてきた。

独りで食事をさせるのが常だったし、それが当たり前のことだと覚え込ませようとしていた。

しかし、それだけの理由で娘がこの条件を出してきたわけではない。

自分では遠ざけていたつもりでも、ヘンリエッタにはゲオルクのことがよく見えていたのだ。

奪いたいのは、満たされないから。

満たされない飢えと渇きを埋めるために、娘を遠ざけ、奪ってきた。

それが更に飢渇を重いものにしていたのだ。

ゲオルクは、口を押さえた。

居酒屋の客や店員に、〈鼠の騎士〉の嗚咽など、聞かせることはできない。

ああ、いや、そういう心配も、もうしなくていいのだ。

これから、ゲオルク・フォン・ウンターベルリヒンゲンは、善き父親として生きる。

裁きは下され、ゲオルクはそれに服することに決めたのだから。

そのための償いもする。

軽々と赦されることではないし、贖罪は険しいものになるだろう。

財産を手放すことになる。家屋敷、家財、武具、馬、芸術品に蓄えた金穀。書画骨董も、全て。

それでも賠償に不足することは間違いない。

だが、心は晴れやかだった。

もう奪うために奪うことをする必要はない。

奪いたくなることはあるかもしれないが、それに抗う理由もある。

自分の力では、決して救えなかった自分自身が、今救われたのだ。

ゲオルクは誘拐犯の目を、いや娘の目を真っ直ぐに見つめた。

口を開き、大きく深呼吸をする。

誰かに心から謝罪をするのは、ひょっとするとはじめてかもしれなかった。

「分かった。いや、分かりました。もうしません。だから、娘を返して下さい」

謝罪と懇願。これほど〈鼠の騎士〉に似つかわしくないものもない。

恭しく誘拐犯に頭を垂れると、ヘンリエッタが重々しく頷いた。

一拍おいて、娘がゲオルクに飛びついてくる。

まだ幼く、小さな身体を、ゲオルクはしっかりと抱き留めた。

北方には、〈鼠が竜を産む〉という古い俚諺がある。

小さく弱々しい鼠が、強く尊く気高い竜を産む。莫迦げた言葉だと思っていた。

しかし、今ゲオルクの目の前にいるのは、間違いなく〈鼠の産んだ竜〉だ。

自然と笑みが漏れる。

このゲーム(シュピール)は、〈竜〉の圧勝に終わった、というわけだ。

「無事だったか?」

「うん」

「怪我はないか?」

「うん」

「ひもじくなかったか?」

「うん!」

ヘンリエッタの話は、尽きることがない。

古都へ行く舟に忍び込んだこと。

舟が河賊に襲われそうになったが、船主の機転で助かったこと。

船着き場から、肉屋を探して歩いたこと。

一人でも怖くなかったけれど、お腹は空いたこと。

いつの間にか、二人とも泣いていた。

泣きながら、笑っていた。

人前で涙を見せるような恥ずかしい真似が、自分にできるはずがない。ついさっきまでは、そう思っていたというのに。

今この場所で、娘と一緒に泣いていることが、どうしてこんなに幸せなのだろう。

どうしてこんなに、暖かいのだろう。

「それで、運河浚渫に反対する、という話なんだが」

ひと段落したとみて、アルヌが話しかけてくる。

今にして思えば、侯爵に舌戦を仕掛けるなどとはとんでもないことをしたものだ。

「ああ、それはもう、結構です」

見ての通り、とゲオルクは苦笑し、それから真面目な表情になって、陳謝した。

これも償わねばならないことの一つだ。

「本当に申し訳なかった。妨害については、お詫びします」

「そのことなんだがな……」

今更何を言うのだろうか。

自領から遠く離れた古都で娘と再会した後だ。

どんなことを言われても、今のゲオルクは驚かないという自信がある。

何故かテーブル席の方に何かを確かめるように視線を向けてから、侯爵はゲオルクに小さな声で耳打ちする。

悪戯っ子が自分の悪事を打ち明けるような、そんな表情だ。

「運河浚渫は、中止の方向で動いている」

帝国河川勅令(ちょくれい)

エーファがリオンティーヌの肩を揉んでいる。

今日の昼営業も大盛況だった。

繁盛のし過ぎで困るというのは、飲食店にとって嬉しい悲鳴だ。

もうすぐ夜営業がはじまる時間だというのに、しのぶも何となく疲れが抜け切らない。

「すごい数のお客さんでしたね」とエーファがしみじみと言う。

「みんな、話に飢えているんだよ」とリオンティーヌが肩もみの礼を言いながら肩を回す。

運河の浚渫が中止になるという話は、瞬く間に広まった。

居酒屋のぶで侯爵アルヌとゲオルクというお客が議論をした翌日に、大々的に発表されたのだ。

それから数日。

古都(アイテーリア)ではどこへ行っても運河浚渫中止の話で持ち切りだ。

少し前から古都に馬車が集まっていたのは、運河のことについての話をするためだったらしい。

しのぶも信之も気付かなかっただけで、居酒屋のぶの店内でも運河のことについて話をしていた人がいたのだろうか。

これまで運河浚渫のために周到な準備を進めていた市参事会が中止の検討を大々的に公表したので、驚いた人も少なくなかったようだ。

「それにしてもまぁ、皇帝陛下が出張って来るとはねぇ」

酔客たちの話を耳にし続けた結果、今では問題の権威となったリオンティーヌが独り言ちる。

運河浚渫の中止は、皇帝夫妻とアルヌが中心となって進めた話だ。

中止というと失敗の印象があるが、そうではない。

大工事の必要な運河浚渫をせずに済ませるという、発想の転換の話だ。

運河は開削しない。

いや、開削する必要がない。

運河を通さなくても、大河を自由に航行できるようになれば、それで問題は解決だ。

なんだか狐につままれたような話だが、確かに辻褄は合っている。

「兄さんにはしてやられましたよ」

そう言って遅い昼食を食べながら、アルヌの弟であるマグヌスが苦笑した。

本来であれば営業時間ではないのだが、忙し過ぎて昨日の昼から何も食べていないというので、しのぶが無理やりに定食を食べさせている。

今日の昼定食は鯵の干物だった。大根の味噌汁がいい味を出している。

味噌汁の大根は薄切りにしたものと、切り干し大根の両方を使っていた。切り干し大根は古都の外気に晒して、信之とハンスが干した物だ。

寒さが厳しいのがよかったのか、古都で干した大根は、とてもいい塩梅になった。

人参と油揚げも入っているので、味噌汁だけでもかなりの満足感がある。味見役のしのぶも大満足の味だ。

「運河を通さなければならなかったのは、大河のあちこちで勝手に取られている通行税と河賊とが問題でした。だからといって通行税を取り止めるというのは、皇帝陛下にしかできない方法です」

味噌汁を飲みながら、マグヌスが続ける。

猫舌なのか時折ふぅふぅと吹いて冷ましてながら飲んでいるが、味はたいそう気に入ったようで、ずっと椀を手にしたままだ。

新たに発出の準備が進められている帝国河川勅令では、大河での貴族の通行税徴収権は原則的に認められなくなる。

河賊については、周辺の貴族が軍役の代わりに定期的な河賊討伐を行うことになるそうだ。

「貴族たちがよく認めたもんだね」とリオンティーヌ。

「みんな、後ろ暗いところがありましたからね」

大河の周辺に領地を持つ貴族が河賊を嗾けていたことは、〈河賊男爵〉ことグロッフェン男爵の証言と、外ならぬマグヌスの調査で証拠が明らかになっている。

本来であれば帝国の藩屏たる貴族が河賊を黙認し、それどころか積極的に指揮していたことは、重罪だ。皇后セレスティーヌは、帝国河川勅令に賛同することを条件に、この罪を赦免するという条件を提示したのだという。

生活苦からはじめたこととはいえ、正義に反する河賊行為には苦々しい思いをしていた貴族も少なくなかったようで、これまでの罪を見逃してもらえるのならと勅令賛成に回った貴族も多い。

「元々、大河の通行税徴収権は一代限りのものでしたから」

マグヌスと同じく食事を摂り損ねていたところを信之に助けられたラインホルトが応じる。

浚渫中止で〈金柳の小舟〉をはじめ、水運ギルドもてんてこ舞いのようだ。

ラインホルトだけでなく、ゴドハルトもエレオノーラも、目の回るような忙しさだという。そのことを教えてくれたニコラウスも、忙し過ぎてギルド本部に寝泊まりしているらしい。

こちらは鯵の干物がお気に召したようで、ご飯をおかわりしている。

「北方から河を遡って攻めてきた敵を撃退した功績として、一代限りの通行税徴収を認める。うちのギルドが受け継いでいたことの漁業権に関する勅書のようなものです」

帝国のために戦った褒美に一世代の間だけ通行税を徴収できるというのは、不思議な仕組みだ。

褒美を与えることの難しさが感じられる。

経営者の娘だったしのぶには、なんとなく理解できる悩みだ。

問題となったのは、親から子へ代が替わっても徴収を止めなかった、ということだった。

親から子へ、そして子から孫へ。

通行税の徴収の根拠となる金印勅書の記述を拡大解釈し、時には無視して、貴族たちは通行税の徴収を止めなかった。それだけでなく、通行税を支払わなかった舟を河賊に襲わせるということもしたというから、ひどい話だ。

「本来であれば通行税の徴収権にはもはや何の根拠もないのだから、勅令で禁止するだけでいいのだけど、アルヌ兄さんは上手くやったと思う」

通行税徴収権を失った貴族に対して、一時金を出す。

それほど大きな額ではないが、勅書に賛成する貴族だけが貰えるということで、勅書の賛成派を増やすのに一役買っているらしい。

帝室からの下賜ということになっているが、出したのは運河浚渫を実質的に動かしていた古都市参事会と侯爵家とビッセリンク商会だ。

「そんなお金、どこにあったんだい？」

リオンティーヌがテーブルを拭きながら尋ねると、ラインホルトが肩を竦めた。

「浚渫の費用ですよ。何年もかけて運河を通す費用に比べれば、貴族に支払う一時金なんて鼠の涙みたいなものですから」

銀行とは揉めるかと思ったが、「運河を通すため」に貸したのではなく「古都の発展」のために貸したのだからと、転用が認められたそうだ。

貴族の中には、当主自身は勅令賛成派だが親族や家臣に反対されている、という家もあったようだが、この一時金が家中の意見統一に役立ったところもある。

それでも反対する家は一つや二つではないというが、団結して反対派を糾合しようという企みは今のところないようだ。

〈鼠の騎士〉が賛成派に転じたことで、彼と同調していた中小の貴族は旗頭を失ってしまったし、新たに担ぎ上げられる貴族もいない。帝室とサクヌッセンブルク侯爵家と明確に敵対することは帝国北部で生き残るには得策ではないからだ。

浚渫工事のために集まって来た職人や日雇い労働者たちはどうなるのか。のぶの常連にも何人かそういう人たちがいるので不安に思っていたのだが、彼ら彼女らの仕事はなくならないそうだ。

運河の浚渫は中止になるが、古都は発展する。

大河の交通が自由になれば、これまでとは比較にならない舟が往来することになるはずだ。

そのために古都の大城壁を拡張して街区を拡げる工事は続けることになる。

浚渫を担当していた労働者が回されることで、城壁の拡張は却って進むことになるはずだ。

ラインホルトたち水運ギルドの使う船着き場も、拡張と大規模な修繕をすることになった。

政局について言えば、冬という季節も、皇帝夫妻に味方した。

コンラート五世は雪の中でも積極的に手紙外交を展開したが、反対派は情報を得ることにさえ、後手後手に回ったのだという。

謀略に手腕を発揮したセレスティーヌのことを〈東王国（オイリア）の魔女〉と蔑む声もある。

勅令に反対しているわけではない貴族の中にも、セレスのことを恐れている者はいるそうだ。

コンラートとセレスの二人は、足りないところを補い合いながら上手く立ち回っている。帝室の力が増すことに対して危惧を覚えている一部の諸侯には、面白くない状況だ。

東王国の王族出身であることを理由に離縁を求めている貴族もいるという。

しかし、皇帝との強固な夫婦仲はよく知られていることであるし、負け犬の遠吠えでしかない。

あの晩のぶを訪れていたセレスは「春になったら帝都の貴族たちと謀略の嵐が巻き起こる」から
と言ってデザートをたっぷり平らげて帰った。

いちごショートケーキとモンブラン、それにフルーツタルト。

はじめは用意し過ぎたかと思ったしのぶだったが、杞憂（きゆう）だった。

夫のコンラートも惚れ惚れするほどの食べっぷりで、三つとも綺麗に別腹に収まったのだ。

しのぶには宮廷の政治のことはさっぱり分からない。

でも、戦いに備えてあれだけ食べられるのだから、きっとセレスは政争に勝つだろう。どんな時
でも健啖な女性は、強いのだ。

全ては変わっていく。

少しずつ、でも良い方に。

「もうやっていますか？」

そうこうしている間に、夜の営業時間になった。

引き戸からひょっこりと顔を覗かせたのは、ヘンリエッタだ。

「お邪魔します」

後ろから父親のゲオルクが続く。

「いらっしゃいませ！」

「……らっしゃい」

誘拐犯からの要求に従い、ゲオルクはあれ以来、昼と夜、ヘンリエッタを連れてのぶに欠かさず食事に訪れていた。はじめこそぎこちなかった親子の会話も最近では少し弾むようになり、親子未満から漸く普通の親子といった風情になりつつある。

「ウンターベルリヒンゲンさん、こんにちは」

マグヌスが声を掛けると、ゲオルクは恐縮したような笑みを浮かべた。

「こんにちは。魚、美味しそうですね」

二人分の注文をしながらテーブルに腰を下ろすゲオルクは、疲れているがどこか晴れやかな顔をしている。聞けばこれまで迷惑を掛けた人たちに、ずっとお詫び行脚(あんぎゃ)をしているのだという。

快く許してくれる人もあれば、心ない言葉を投げかける人も当然いる。

しのぶは知らなかったのだが、〈鼠の騎士〉と言えばこの辺りでは眉を顰めない人はいないほどだったというから、相当の悪人だったのだろう。

よく見ると、殴られでもしたのか、頬が少し腫れていた。

「大丈夫かい？」

リオンティーヌが濡れ手ぬぐいを渡すと、ゲオルクは一瞬、驚いたような表情をし、神妙な顔で礼を言う。

「ありがとうございます。殴られただけで済む話ではないですから、仕方ありません」

それにしても、とゲオルクは続けた。

「奪わなくても誰かから何か助力を貰える、というのはいいものですね」

横で聞いていたヘンリエッタが、満足げに頷く。

「お父さんにはこの調子で、善いお父さんになってもらうんだから」

ははは と苦笑しながら、ゲオルクが頭を掻いた。

「娘はこう簡単に言いますが、人間というのはなかなかどうして、一朝一夕に変われるものではないですね」

「そんなもんですか」と食事を終えたマグヌスが少し遠い目をする。

「そんなもんですよ」と答えるゲオルクも、視線はヘンリエッタを向いているが、どこか遠くを見つめているようだ。

「そうですかね」と口を挟んだのは、食後に湯冷ましを飲み終えたラインホルトだった。

「変わることは難しく見えても、変わろうとすることはできますよ」

だってほら、誰もが絶対に解決できないと思っていた大河の通行税の問題も、何かを変えようとしたから変わったじゃないですか、と続ける。

ゲオルクとマグヌスが顔を見合わせ、破顔した。

運河の浚渫は中止され、形の上では古都は何も変わっていない。

それでも大河の通行税はなくなり、河賊の問題も解決の糸口が見えた。

大切なのは、変えようとする意志なのだろう。

「お待たせしました。ホッケの開き定食、二人前です」

しのぶが定食を運ぶと、ヘンリエッタが目を輝かせた。

今晩のホッケは肉厚で脂ものっていて、しかも大きい。大人の二の腕ほどもある。

「これは立派な……」

醤油を掛けた大根おろしを一緒に食べると美味しいですよと助言すると、素直に二人とも従う。

網で焼いたホッケは余分な脂が落ち、きつね色の身を皿の上に横たえていた。

しっとりパリっと焼き上げた表面は艶やかで、箸を入れるのがもったいないほどだ。

イングリドの家にいる間に少しだけ箸の使い方を覚えたヘンリエッタがホッケの身を解すのを、ゲオルクも見様見真似で同じようにする。

ぱりっ。

傍で見ている側も嬉しくなるような焼き加減のホッケに、箸が入った。

不慣れながらも、娘と同じように、ゲオルクが魚を口に運ぶ。

「……美味い」

そこからは、もう止まらなかった。

ホッケの頭を指で押さえ、ぎこちない箸捌きで身を剥がしていく。

力加減を誤ったのか、身が崩れるが、気にしない。ホッケは、それでも美味しいのだ。

ホッケを食べ、白米を食べ、味噌汁を飲む。

「美味い。美味いなぁ」

その様子を見ながら定食に箸を付けるヘンリエッタは、どこか嬉しそうだ。

あまりに美味そうにゲオルクが食べるので、見ていたラインホルトとマグヌスが生唾を飲む。

確かに、このホッケは実に美味しそうだ。

最近は市場へ行っても大きなホッケには手が出ないと溢す信之が、久しぶりに自信を持って仕入れてきた逸品だった。

「あの……」とマグヌスが注文の手を挙げようとしたところで、ゲオルクがそれに気が付く。

「もしよろしければ、分けませんか。このホッケという魚、随分と大きいので」

「いいんですか？」と尋ねるマグヌスに、ゲオルクが少し照れくさそうに頷いた。

「ええ、是非」

エーファがすぐに取り皿と箸を持っていく。

大ぶり過ぎてもてあまし気味だったヘンリエッタのホッケも、綺麗に身が分けられた。

魚を食べれば、話題は自然と海へ向かう。

「通行税がなくなれば、北の港から干物を仕入れても利益が出るようになります」

日本酒を注文しながら、ラインホルトがホッケに舌鼓を打つ。

それはいいですね、と相槌を打つマグヌスも日本酒に興味津々だ。

以前、ラインホルトが生きたままのタコを仕入れて古都の人々を驚かせたことがあったが、これからはますます色々な海産物が市場を賑わすことになるに違いない。

ヘンリエッタは大根の味噌汁がよほど気に入ったのか、おかわりを所望した。

店内に、和気藹々とした空気が流れている。

「お父さん、明日はお肉が食べたい。鶏のお肉！」

「ははは。というわけで、タイショー。明日は肉料理を注文することになりそうです」

「分かりました」

予告されたのだから、信之もきっと腕によりを掛けて料理をするに違いない。

エーファが信之の袖を引っ張り、仕入れすぎないで下さいね、と釘を刺す。

はじめて会ったときには一言も口をきかなかったヘンリエッタも、随分と明るくなった。

目に見えない変化と、目に見える変化。

もうすぐ、長かった古都の冬も明ける。

雪と、それ以外の何かが溶け、春がやってくるのだ。

吟遊詩人の夜

柔らかな月明かりが夜道を照らしている。

日に日に春めく古都（アイテーリア）の一角。

家路を往く人々がふと足を止めたのは、穏やかな歌声が耳に届いたからだ。

旅情を詠う古歌は朗々として、ついつい聞き惚れてしまう。

小ぶりなリュートで弾き語るのは、マグヌスだ。

歌は、帝国北方を視察のために旅する日々で収集したものだった。

古来より、旅をするのに助かるとされる特技がある。

料理、散髪、歌舞音曲（かぶおんぎょく）に鋳掛（いか）けと大工。

秀でた技はどこへ行っても重宝されるものだ。一宿一飯に与ることもできれば、路銀の足しを得られることもある。

それだけではない。

来訪者の少ない僻遠（へきえん）の地に住まう人たちは、自然と余所者に警戒心を抱くものだ。貴族が視察に訪れたと馬上から告げれば、口を噤（つぐ）む人も少なくない。

マグヌスは警戒心を悪いことだと思わないが、村々に暮らす人々のありのままの姿を知る上では厄介なことだ。時には石や弓を構えての歓迎を受けることもある。

その点、吟遊詩人は歓迎された。

帝国北部の冬は長い。

暖炉の傍らで夜毎に語られる話の種に限りはないが、人は新しい話に飢えるものだ。

そんなときにふらりと吟遊詩人が訪れれば、大いに歓迎される。乏しい中から酒食が振る舞われ、歌と演奏の見返りに村の素朴な話が差し出された。

神話もあり、妖精譚もあり、四季折々の風土の話もあり、当然ながら政治の話もある。

マグヌスは吟遊詩人に身をやつして、サクヌッセンブルクより北の地を歩いた。

兄であるアルヌは休暇としてマグヌスを旅に出させたつもりだったようだ。

だが、マグヌス自身は仕事として物を見、聞き、触り、嗅ぎ、そして食べた。

考えていたよりも、それは楽しい経験だったと言わざるを得ない。旅をはじめてすぐに、自分がこの旅程をひどく愉しんでいることにマグヌスは気が付いたのだ。

はっきりと言ってしまえば、書類に囲まれて仕事をしているよりも、旅から旅に身を置きながら歌う生活の方が、性に合っているとさえ思った。

そんなことを言い出せなかったのは、兄が吟遊詩人の道を捨てたことを知っているからだ。

マグヌス・スネッフェルスにとって、兄の存在は大きい。

恐らくアルヌが考えているよりも、マグヌスは遙かに兄のことを慕っている。

旅をするときに吟遊詩人を装うことを決めたのも、単純に兄への憧れからだ。

アルヌが吟遊詩人を目指していた姿を格好いいと思っていなければ、小さな炉を担いで鋳掛けの真似事をしながらでも旅をした方が、いくらか楽だっただろう。

穴の空いた鍋を修繕し、錆びた鎌を研ぎ、ちょっとした金属製品を商う鋳掛け屋の方が、聞ける話の幅は広がったに違いない。

けれどもマグヌスは吟遊詩人を演じることを選んだ。

演じながら、自分が本物の吟遊詩人であるように錯覚しはじめるほどに、没入した。

実際に、マグヌスは歌が上手い。

歌舞音曲から武芸百般、絵画に詩歌まで手を広げた大伯父の芸事の才覚を色濃く受け継いだのはマグヌスの方だった。

リュートを爪弾きながら思い返しても、不思議な旅だったと思う。

吟遊詩人を演じる貴族が次第に使命を忘れ、吟遊詩人に成り果てていく物語。

それ自体が吟遊詩人の歌になりそうな題材だ。

しかし、そんな詩想ももう終わりにしなければならない。

運河浚渫の中止は、サクヌッセンブルク侯爵家にとっても重大事だ。

兄は今になって慌てて人材を探しているようだが、易々と集まるものではない。

マグヌスも昼夜兼行で仕事に追われ、走り回る有様だ。

食事を摂る暇さえなく、倒れかけたところを居酒屋に助けられたことさえある。

そんな風に多忙を極めるマグヌスが今、リュートで人々を愉しませているのは、義理の姉であるオーサのお陰だった。

何事にも目の届く義姉は、マグヌスに仕事が集中していることを憂い、強制的に一両日の休みを与えたのだ。

正直なところ、ありがたかった。

このまま書類の山に埋もれていては、いつか大きな失敗をしでかしかねない。

仕事は嫌いではないが、限度というものがある。

息抜きをしようと思い立ったマグヌスが手にしていたのが、リュートだったというわけだ。

もう少し演奏したら、何か美味いものを食べに行こう。

先日の居酒屋にお礼もかねて食事に行って、何か腹に溜まるものでも食べれば、気分も変わるに違いない。そして明日は一日を寝床で無意味に使い潰すという贅沢を愉しんでから、激務の現実へ帰還するのだ。

そんなことを考えながら演奏をし終えると、疎らに拍手が起こった。

柄になく、嬉しい。

「いい演奏だった」

声を掛けてきたのは、一人の老吟遊詩人だ。

「どうかね、一杯」とジョッキを掲げる仕草をしてみせる。

「お付き合いさせて頂きます」

偶然にも、老吟遊詩人の向かったのは、あの居酒屋だった。

「いらっしゃいませ！」

「……らっしゃい」

不思議と暖かい店内には心地よい喧噪が満ち、活気に溢れている。

マグヌスは老吟遊詩人と並んでカウンターに腰を落ち着けた。

よほど慣れているのか、流れるように二人分のラガーと料理を注文している。

「お帰りさない、クローヴィンケルさん」

店員のシノブが吟遊詩人にオシボリを手渡した。

「ああ、今回の旅は稔（みの）りあるものになったよ」

クローヴィンケル。

その名前には憶えがあった。兄の書棚に立派な詩集が収まっていたはずだ。

確か、兄が師事しようとして断られ、結果として侯爵の位を襲爵（しゅうしゃく）する切っ掛けになった人物でもある。つまり、マグヌスとサクヌッセンブルク侯爵家にとっての恩人だ。

「お二人はお知り合いだったんですか？」

オトーシを並べながらエーファが尋ねると、クローヴィンケルが髭（ひげ）をしごきながら頷く。

「吟遊詩人は全員が知り合いだ。昔からそういうことになっている」

「あ、いや、私は」

マグヌスが慌てて否定しようとすると、クローヴィンケルは片目を瞑ってジョッキを掲げた。

「プロージット！」

「ぷ、プロージット！」

硝子が打ち合わされる音が涼やかに響く。

口を付けると、ラガーの苦みが喉を通じて食道を滝のように下って行った。

ぐびり。

ごっごっごっ。

苦い。苦いのに、どうしてこんなに気持ちがいいのだろう。

喉を通り抜ける爽やかな苦みが、書類仕事にまみれて身体に霧のように纏わり付いていた疲れを溶かし去っていく。

オトーシはエーファによると、ニクヅメピーマンという名前だ。

ピーマン（パプリカ）に詰められた挽き肉には色々な具材が入っていて、食感が嬉しい。

香辛料でしっかりと味を付けて揚げ焼きにしてあるので、ラガーとの相性も素晴らしかった。

前に食べたスキヤキもよかったが、このニクヅメピーマンも美味い。

堪能しながら食べていると、クローヴィンケルの視線に気が付く。

「君は実に美味そうに食べるな」

「好きなんですよ。食べることと、当てのない旅が」

言ってしまってからマグヌスは驚いた。

自分は旅が好きだったのか。口を衝いて出るまで、自分でも知らなかった。

　ははは、とクローヴィンケルが大笑する。

「そうとも。食べることも旅することも、吟遊詩人の欠くべからざる資質だからな」

「食べることも、ですか」

「旅を住処にすると、足を踏み出す理由が必要になる朝がある。何かに満足を感じてしまった夜の明けた朝は特にそうだ」

　ジョッキの輪郭をなぞる老吟遊詩人の指は、芸術家らしく、長く、美しい。

　椎の実のように長い爪は旅を経てなお、淡い色を残している。

「旅の歩みを止めるのは、絶望でも渇望でもない。もうここでいいか、という満足と、諦念だ」

　満足と、諦念。

　二つの言葉を聞いて、マグヌスはほとんど中身の残っていないジョッキに口を付けた。

　知らず、下唇を噛みしめている。

　自分は兄の側近になると思っていた。

　読み書き算術も剣術も弓箭の技も、サクヌッセンブルク侯爵アルヌ・スネッフェルスの臣として恥ずかしくないようにと身に付けたのだ。

　兄が吟遊詩人を目指してイーサクを連れて出奔したとき、マグヌスを侯爵にしようという目論見が家臣団の中にあったのは、知っていた。

　莫迦莫迦しいことだ。

　しかしマグヌスにその気がなくとも、担ごうとする者がいる。

蹶起を迫る不忠者が部屋を密かに訪れたとき、マグヌスはこの譜代の家臣を逆に説諭し、訓告し、一晩に亘って懇々と語り明かして、ついには熱心なアルヌ支持者に変えてしまった。

自分はこの生涯に満足している。

兄を支えることがマグヌスの役割であり、それ以外の望みなど叶えようなどと思わない。

「満足と諦念に囚われかけた足に次の一歩を踏み出させるものは、些細なものが多い。あの料理をもう一度食べたいとか、あの峠から見た夕陽がまた見たいとか」

クローヴィンケルの言葉に、マグヌスの舌の記憶が呼び起こされる。

味蕾の上を通り過ぎていった、素朴で簡素な、農村や漁村、地方の小都市の味。

他愛のない料理ではあっても、そこでしか味わうことのできない味の数々。

きっと同じものを運んできて古都で食べることができたとしても、同じ味にはならないだろう。

あの場所に足を運んで食べなければ、あのスープはあの味にはならない。

頬が緩んでいるのを、クローヴィンケルが指摘する。

「若き同業者氏よ。また旅に出たいという顔になっているぞ?」

「あ、いえ、私は」

もう、旅に出ることはないのだ。

その一言が、どうしても口を出てこない。

兄の側近として帝国河川勅令の布告に伴う政治的な働きをすることになるマグヌスに、旅などは贅沢な望みでしかなかった。今後死ぬまで、古都を離れることはないだろう。

何か言わねば。

自分はもう旅をしない。たった一言、そう言うだけでいいのだ。

そう思ったとき、じゅううううと肉の焼ける音と共に、胃袋を刺激する香りが漂ってきた。

粘りの出るまで捏ねた挽き肉を丸く整えて、焼く。

ああ、これは絶対に美味い。

「お待たせ、ワフウハンバーグだよ」

リオンティーヌがごろりと大きな肉料理を運んできた。

ワフウハンバーグ。

ハンバーグという単語はなんとなく耳に馴染むが、ワフウというのは聞いたことがない。

「肉料理、とは頼んだが、なるほど。これは……」

髭に隠れて分かりにくいが、クローヴィンケルは満面の笑みを浮かべている。

確かにこれは美味そうだ。

〈食の吟遊詩人〉が期待するのも、よく分かる。

「それでは、頂くかな」

ナイフとフォークを構え、マグヌスも後に続いた。

上にかけられているのはオロシポンズというそうだ。

一口大に切って、口へ運ぶ。

ぱくり。

軟らかい。

濃い肉汁の味と、オロシポンズのさっぱりとした味とが混淆して、口の中に広がる。

挽き肉は、塊肉のないときの代用品だと思っていた。

ソーセージを作るときや、骨から肉を削いだときの残り肉だとしか見ていなかったのだ。

マグヌスは己の不明を恥じた。

もちろんこれはしっかりとした塊肉から作られた挽き肉なのだろう。

だとしても、手をかけることで挽き肉がこれほどに軟らかく、豊潤で、肉の旨味をしっかりと舌に伝える料理に化けるとは思っていなかった。

「美味いな」とクローヴィンケルが微笑む。

「はい、美味しいです」としか答えられない。

曲がりなりにも吟遊詩人の格好をしているのだ。何か気の利いたことでも言えればと思っても、胸に渦巻く言葉が舌先から出ていかない。

そんなマグヌスの様子を見て、クローヴィンケルは満足げに頷いた。

「やはり君には吟遊詩人として類い稀な才能があるように見えるな」

「味について何も言えないのに、ですか?」

怪訝な顔をするマグヌスの肩を、クローヴィンケルが叩く。

「言わないからこそ、だ。これほどの出会いを簡単に言葉にしてしまうような吟遊詩人は、二流には届いても、その先の川を渡る橋を見つけることができない」

そういうものなのだろうか。

旅をしているとき、リュートを触ると自然に歌が口を衝いて出ることがあった。

あれよりももっと崇高なことを言っているという気もするし、そうでない気もする。

「優れた吟遊詩人は、頭で考えた言葉ではなく、心で想った言葉を詠う。万言を尽くしても、いい歌にならないときにはならないものだ」

自分はどうして褒められているのだろうか。

マグヌスには理解できなかったが、悪い気はしない。

「……儂はこれまで満足と諦念に囚われていた」

高名な吟遊詩人でも、そんなことがあるのか、とマグヌスは驚いた。

「旅は楽しいし、歌も人に聞かせられるところに達した。詩才については自分であれこれ言うものではないが、人に賞される程度にはなったようだ」

吟遊詩人として、これ以上望むべくもない境地ではないのか。

「だが、儂には弟子がいない。伝える相手がいない」

「弟子ですか」

兄のアルヌはクローヴィンケルに弟子入りしようとして、断られたという。

実際にはもう少し複雑な経緯だったようだが、概ねそういうことだ。

アルヌにもなれなかったクローヴィンケルの弟子。

そんな山よりも大きな幸運に浴するのは、いったいどこの誰だろうか。

クローヴィンケルが、マグヌスに向き直り、瞳をじっと見つめる。

「若き同業者氏よ、どうだろうか」

「どう、と言いますと」

老吟遊詩人は、口元に微かな笑みを浮かべた。

「満足と諦念の日々から、旅に出てみないかね?」

答えは決まり切っている。

マグヌス・スネッフェルスは兄の側近となるべく生まれ、育ってきたのだ。

だから、何も悩むことはない。

「……よろしくお願いいたします、師匠」

慌てて、口を押さえる。

だが、もう遅かった。

マグヌスの師は、大きく頷き、追加のラガーを二杯注文する。

「優れた吟遊詩人は、頭で考えた言葉ではなく、心で想った言葉を詠うのだ」

さっそく運ばれてきたジョッキで二度目の乾杯をしながら、マグヌスは兄と義姉に何と言おうか、必死に考えていた。

一番忙しいときに、一番頼りになる自分が抜ける。

兄は困るだろう。

だが、吟遊詩人を諦めるという選択肢は、もうマグヌスの頭になかった。

これまでの人生で、兄を困らせる選択肢など、選んだことがない。

徴税請負人と少女の涙

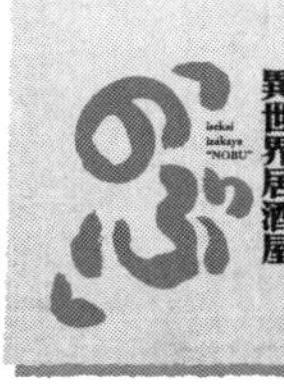

「北行きの道はそろそろ雪解けだそうだよ」

レーシュを満たした切子（きりこ）を傾けながらのイングリドの口調には、寂しげな色が聞いて取れた。

ゲーアノートはワイングラスの水面を見つつ、黙って聞いている。

今年の冬は長かった。

暦の上では春になっても、教会の聖職者たちが忙しなく説法をはじめても、降り積もった雪がまだ残っていれば、それは冬だ。

古都（アイテーリア）の人間は、北向きの帝国街道が雪の中から姿を現したときが、季節の節目だと思っている。

帝国南部で生まれたゲーアノートもこちらへ移ってきた当初は面食らったものだった。

自然に受け容れられるようになったのは、帝国街道の交通が回復すると同時に市場に並ぶ品々が瑞々しさを取り戻すことに気が付いたからだ。

近隣の農村から運ばれてくる野菜を市場の物売りが声を嗄らして売るようになれば、それを春と呼ばずして何と呼ぶべきだろうか。

不思議な冬だった。

結婚もしていないゲーアノートに、俄に子供ができたのだ。

イングリドの薬店に預けられていたヘンリエッタは、今では父親と一緒に小さな旅籠へと移っている。父娘水入らずと言えば聞こえはいいが、衛兵の話ではなかなか大変だそうだ。

〈鼠の騎士〉が古都にいることを聞きつけた連中が、引きも切らずに旅籠へ押しかけていた。

無理からぬことだと、ゲーアノートでさえ思う。

徴税請負人は人に愛される仕事ではないが、真っ当な仕事だ。

それに対してゲオルク・フォン・ウンターベルリヒンゲンという男が長く手を染めてきた数々の仕事は、決して褒められたものではない。強請りやたかり、難癖を付けて金品を奪う仕事は、人の親として正しいものとは見做せないだろう。はっきり言ってしまえば、仕事でさえない。

ヘンリエッタは、そんな男の娘だ。

そして、ゲーアノートの被保護者だった。

「雪解け、か」

独り言ち、グラスの中身を干す。

いつになく、ワインの酸味がきつく感じられた。

「寂しいのかい?」

春になれば、ヘンリエッタは北に帰る。

所領へ帰るゲオルクと一緒の帰郷だから、ゲーアノートに止める謂われはない。

「まさか。私は一時的に預かっただけですよ」

「おややおや、私はヘンリエッタのことだなんて、一言も言ってないんだけどね」

冗談めかしたイングリドの不意打ちに、ゲーアノートは思わず噎せ込んだ。

確かにヘンリエッタのこととは一言も口にしていないのだが。

片眼鏡の位置を直しながら、ゲーアノートは自分がヘンリエッタに思ったよりも執心しているのだと認めざるを得なかった。

「一時期とはいえ、被保護者だったわけですから」

取り繕うように言いながら、肴のマグロ煮込みをフォークで口に運ぶ。

最近めきめきと腕を上げているハンスが、ワインに合う一皿を、ということで考えたそうだ。

東王国(オイリア)で食べられる牛肉の赤ワイン煮の主役をマグロに交代させた一品だが、これがよく合っている。いつもよりワインの進みが早いのは、この肴の出来がよいからに違いない。

「被保護者、ね」

悔恨混じりの溜め息を吐いて、イングリドが自嘲めいた苦笑を浮かべる。

「保護者として、私たちはあの娘に何かしてあげられたのかね」

ゲーアノートは答えられず、グラスに口を付けた。

はじめにヘンリエッタが迷子として保護されたのは、肉屋の前だ。

肉屋は農村から豚を買うついでに、村々を結ぶ郵便の役割を担っている。

今にして考えてみれば、ヘンリエッタは古都の肉屋を通じてゲオルクに〝脅迫状〟を送るつもりだったのだと分かる。

「何もしてやれなかった、のかもしれません」

何が保護者、被保護者だ。

子供を守るべき大人が何もしてやれない中で、ヘンリエッタはたった一人の戦いを続けていた。

被保護者の悩みに少しも気付くことなく、食事の世話をしてやった程度で保護者などと名乗っていたのだから、喜劇としか言いようがない。それも、出来の悪い喜劇だ。

「〈鼠が竜を産む〉なんて言葉があるけどね、あの娘は大したもんだよ」

頭から終いまで自分一人で考えて、あの〈鼠の騎士〉から自分自身を誘拐して、ちゃんと目的を達成してのけたんだからさ、とイングリドが切子のレーシュを呷る。

いやはや、と相槌を打ちながら、ワインのお代わりをリオンティーヌに頼んだ。

「ゲーアノートの旦那、今日は早いね」

「ん？　そうかな」

指折り数えてみると、確かにもう五杯目だ。

普段なら居酒屋ノブで二杯を超えて飲むことはないから、大いにきこしめしている。

「はい、お代わりと炭酸水だよ」

六杯目と一緒に運ばれてきたのは、最近出回りはじめた泡の出る水だ。

シュワシュワとした飲み心地と水なのに微かな辛みを感じるのが面白く、酔い覚まし用に頼む客もいる。ゲーアノートもその中の一人だ。

「そうだな。そろそろ酔いを醒ましておかないと」

酔い覚ましの炭酸水に口を付けたところで、表の引き戸の開く音がした。

「いらっしゃい！」

「……らっしゃい」

「こんばんは……」

入って来たのは、ヘンリエッタだった。

ゲオルクはいない。今日は保護者と被保護者だけの、夕食会だ。

「さ、こっちへおいで」

イングリドに招かれるままに、テーブル席にヘンリエッタが腰掛ける。

ゲーアノートとイングリドが斜向かいに座っていたので、ヘンリエッタの席はイングリドの隣、ゲーアノートの真向かいになった。

本当はカミラも来たかっただろうが、来なかった。泣き過ぎて目が真っ赤に腫れてしまったのだという。ひと冬という短い間とはいえ、姉妹のように過ごしたのだから、無理からぬことか。

「本日はお招き頂き、ありがとうございます」

はじめて出会ったときには無口で何も喋らなかったのが嘘のように、ヘンリエッタの挨拶はしっかりとしている。

「ご注文はどうなさいますか？」

シノブに尋ねられて、ヘンリエッタは一度頷いてから、はっきりとした声で注文した。

「ナポリタン、をお願いします」

その注文を聞いて、ゲーアノートは言葉に詰まる。

軽く咳払いをし、平静を装いながら自分も注文を続けた。

「私も、同じものを」

二人の様子を見ながらにやにやとしていたイングリドも、それじゃあ、私もと続く。

タイショーが湯を沸かすコトコトという音が店を満たした。

三人とも、視線を合わせることなく、不思議な時間が流れる。

「いつ発つんだい？」

沈黙を破ったのは、イングリドだ。

イングリドが聞いてくれてよかった、とゲーアノートは思った。

自分ならいつ発つのかではなく、いつまでこちらにいるのかと尋ねてしまいそうだったからだ。

仮初めの保護者の未練など、ヘンリエッタにとって何もいいことはない。

そして、ゲーアノートにとっても。

「雪が溶けたら、なるべく早く出るって。お父さんは忙しくなるから」

ヘンリエッタは去り、全ては元通りになる。

いつも通りの春がやって来て、いつも通りに徴税請負人として働く日々が帰ってくるだけだ。

そう、それだけのことに違いない。

けれども、喉の奥に魚の小骨の挟まったような違和感が、ゲーアノートを苛んでいた。

茹で上がったパスタが笊にあげられ、ソースと絡められる。

こんな日でも、甘酸っぱい香りを嗅げば空腹を感じるのは浅ましいことだ。

「お待たせいたしました！」

厚切りベーコンの入ったナポリタンが、三人前。

もちろん、粉チーズとタバスコも一緒に運ばれてくる。

「さぁ、食べるとしようかね」

イングリドがフォークを持つと、二人も後へ続いた。

ヘンリエッタが食べる姿を見ていると、一緒にナポリタンを食べた日々のことを思い出す。

フォークでパスタを巻き取る動き。

口へ運ぶとき、ちらりと狼歯（ユーバーツァーン）が覗く表情。

味わいながら目を細める笑顔。

子供を育てたことのないゲーアノートにはこれまで想像さえできなかったことだが、誰かの所作ひとつひとつに、膨大な記憶と感情とが呼び起こされることがある。

ナポリタンを味わいながら、ゲーアノートは胸中に巻き起こる様々な想いの奔流に耐えなければならなかった。

少しでも気を抜けば、この場で言うべきではないことを口にしてしまうかもしれない。

口の中にナポリタンの甘酸っぱい味が広がる。

いつもの味。いつもの食感。

ふとゲーアノートの胸に、複雑なものが去来した。

代わり映えのしない徴税請負人の日常を構成する要素の一つのピースであるナポリタン。これを食べる度にヘンリエッタを思い出すようになってしまったら、それは元の日常に帰ったことになるのだろうか。

「美味しい」

ヘンリエッタが口元をイングリドに拭われながら微笑む。

そう。ナポリタンは美味しいものだ。

そのことを教えることができたというだけでも、自分がヘンリエッタに何かをしてやれたということにならないだろうか。

粉チーズをかけ、タバスコも二振り。

味が変わり、ナポリタンが究極の状態になった。一皿の料理を味わう間に味の変化を愉しむことができるのは、本当に素晴らしいことだ。

まるで、人生のようだ。

そう考えた瞬間、ゲーアノートに小さな悟りが訪れた。

「そうか。味が変わるんだな」

突然の独り言に、ヘンリエッタもイングリドも不思議そうな顔をする。

だが、ゲーアノートには確かに神の愛(アガペー)が感じられた。

真実へと到る手掛かりは、常に日常の中に隠されている。

「ヘンリエッタ。私は徴税請負人を辞めようと思う」

「え？」

徴税請負人は後ろ暗い仕事ではない。

だが、褒められる仕事、誇るべき仕事でもないだろう。

自分の持つ能力を活かすことのできる仕事だが、ヘンリエッタに自分のしてきたことを説明するときに躊躇いを覚えない仕事ではない。

「驚いたね。生まれたときから徴税請負人をしてきたみたいな堅物なのにさ」

イングリドの軽口にゲーアノートの口元が緩んだ。

そうだ。生まれたときから徴税請負人だったわけではない。だから、変わることもできる。

「お父さ、じゃない、ゲーアノートさんは何になるの？」

思わず言い間違えたヘンリエッタの言葉に、胸が熱くなった。

単なる言い間違いだ。

だが、重大な言い間違いに違いない。

たった一度でも、父と言い間違えてくれたことが、こんなに嬉しいとは思いもしなかった。

「サクヌッセンブルク侯爵家が、廷臣を募っている。読み書き算術に長けた人間という条件だが、私なら問題ないと思う」

以前、アイゼンシュミット商会の一件で侯爵家の手伝いをしているから、知らぬ仲でもない。

諸侯の家臣として仕える。

考えてみれば、実弟にもそう言って送金を続けていた。

偽りの自分と訣別し、本当の自分になる。

人生のこれからを左右する重大な転機の切っ掛けを与えてくれた存在は、今日の前で口の周りを真っ赤にしながらナポリタンを頬張っていた。

「じゃあ、偉くなるんだね！」

「身分で偉くなるんじゃない。偉いと認められる仕事をするようになるんだ」

収入は減るだろう。徴税請負人という仕事が嫌なわけではない。なくてはならない仕事だということも分かっている。

それでも、今の自分の気持ちに嘘を吐くことはできなかった。

「よかったね！」

満面の笑みで微笑むヘンリエッタの口元に、小さな狼歯が覗く。

ああ、と答えて、ゲーアノートはワインに口を付けた。

甘みのある味わいに、昂揚感と陶酔感が広がる。

雪が溶けて春が来るように、人は変わることができるのだ。

「じゃあ、またナポリタンを食べに来るときには、侯爵様の家臣なんだね！」

またナポリタンを食べに来る。

ヘンリエッタの言葉を聞いて、思わずゲーアノートはフォークを取り落としそうになった。

そうだ。これが今生の別れではない。また会えばいいのだ。

季節が巡り、また春が来るように。

見ると、ヘンリエッタの目に、光るものが見えた。

被保護者と、保護者。

不器用な、かりそめの家族。

不思議なひと冬の関係は終わろうとしているが、結ばれた縁は途切れることがない。

長いスパゲティの麺のように、遠く離れても繋がっているものはあるのだ。

手繰ればまた、会うことができる。

三人の話はそこから、あちらこちらへと飛んだ。

ヘンリエッタの亡き母のこと、カミラのこと、ウンターベルリヒンゲンのこと。

そして、これからのこと。

夜が更け、ゲオルクが娘を迎えに来るまで、三人のテーブルから会話の絶えることはなかった。

〆の天ざる蕎麦

カラカラカラカラ……

小気味のよい揚げ油の音が店内に響く。

普段なら昼営業で店を開けている時間だが、今日は休業にした。

ぽかぽかと暖かい陽気が長かった冬の終わりを告げている。

今年の冬は、長かった。

誰に尋ねてみても、そう答える。

しかし、冬が長ければ長いほど、訪れた春の喜びは大きいものだ。

古都（アイテーリア）全体をどこかうきうきとした空気が包んでいるのが、しのぶにはよく分かった。

絶好の行楽日和に敢えて店を休みにしたのは、店で働く三人にも、春を満喫してほしいからだ。

ハンスとリオンティーヌは、他の店の味を研究するために連れ立って食べ歩きに出かけている。

エーファは弟妹と近くの丘まで野花を摘みに行くと言っていた。

店の中には、しのぶと信之の二人だけ。

信之が朝から蕎麦を打ってくれるというので、ご相伴に与りに来たのだ。

蕎麦だけでは寂しいので、イングリドとカミラの摘んできてくれた初春の山菜を揚げている。

「春に蕎麦って、珍しいね」

新蕎麦といえば秋のものだ。夏に出回る夏新という蕎麦もあるが、春蕎麦はあまり聞かない。

「豪州（オーストラリア）産の新蕎麦だって。市場で試してみないかって言われてさ」

へぇ、と思わず感心の声を上げた。

蕎麦と言えば日本のもののような印象が強いのに、海を渡って来る蕎麦もあるのだ。

古都の近くで収穫された蕎麦も美味しかったが、こちらはどうだろうか。

しのぶの中の食いしん坊な部分がうずうずする。

「古都にも、海の外からいろいろ美味しいものが入ってくるようになるのかな」

「来るんじゃないかな。新しいお客さんも増えるだろうし」

新しい食材。

新しいお客。

同じように春が巡り来ても、少しずつ変わっていく。

一日として同じ日はない。

まるで螺旋階段のように、同じ場所へ戻ってきているように見えて、登っているのだ。

街も変わり、店も変わり、人も変わる。

それはきっと、素敵なことのはずだ。

「年々歳々、花相似たり。歳々年々、人同じからず、かぁ」

信之の料理も、少しずつ変わっている。

料亭〈ゆきつな〉の時代の信之を知っている人なら、決して想像もできないような大胆さも身に付けつつある。料理人として正に伸び盛りというところだ。

そのいい影響を受けて、ハンスも乾いた土が水を吸うように上達している。

一日一日の成長がしのぶにとって楽しみだ。

「はい、春の山菜天ざる蕎麦、お待たせしました」

信之の盛り付けた山菜の天ぷらの若緑が、目に眩しい。

山菜の天ぷらは季節をそのまま揚げたように爽やかなところが好きだ。

「いただきまーす」

ちゅるん。

新蕎麦の豊かな香りが鼻を抜けていく。

そこに、こごみの天ぷらを一口。

サクッ。

春をそのまま凝縮したような甘苦さが、口の中に広がる。

「どう？」

「美味しい。とっても。大将、お蕎麦屋さんが出せるよ」

しのぶの冗句に、信之が笑った。

店内に二人の笑い声が重なる。

明日はどんなお客さんが来るだろうか。
開け放した引き戸から、春の陽光が燦々と降り注いでいる。
前の通りを行き交う人々の楽しげな声が、店の中まで響いていた。

※本書は、「小説家になろう」（https://syosetu.com/）に
掲載されていたものを、改稿のうえ書籍化したものです。
この物語はフィクションです。
実在する人物、団体等とは一切関係ありません。

異世界居酒屋「のぶ」七杯目
（いせかいいざかや 「のぶ」 ななはいめ）

2021年7月22日 第1刷発行

著　　者　蝉川夏哉（せみかわなつや）

発 行 人　蓮見清一

発 行 所　株式会社 宝島社
〒102-8388　東京都千代田区一番町25番地
電話：営業 03(3234)4621／編集：03(3239)0599
https://tkj.jp

印刷・製本　中央精版印刷株式会社

ISBN978-4-299-01830-4